안녕 하세요

你好2

李松熙、黃慈嫻 合著

한국어를 배우고 있는 여러분, 안녕하세요!

저는 이 책의 저자 중 한 사람인 이송희입니다.

경험도 풍부하고 한국어에 능통하신 황자한 선생님과 같이 이 책 집필에 참여할 수 있는 기회가 저에게 주어져 정말 기쁩니다.

일 년 전, 저는 타오위안시 중리고등학교에서 한국어를 가르치게 되었습니다. 학생들을 가르치는 과정에서 많은 학생들이 자신이 배우고자 하는 학습에 자기만의 학습 습득 방법이 있다는 것을 느꼈습니다. 이는 저로 하여금 중고등학생의 연령에 맞고 아이들의 일상 생활과 경험에 부합하는 학습서를 쓰고 싶다는 생각을 들게 하였고 이렇게 책을 쓰게 되었습니다.

이 책 안의 단어, 문장, 문법은 같이 이 책을 쓰신 황 선생님과 머리를 맞대고 신중하게 써 내려 간 것입니다. 그리고 대만에서의 한국어 선생님 경험과 수업 시간에 아이들과의 피드백을 통해 얻게 된 아이디어를 중고생들에게 도움이 되게끔 최대한 이용해 봤습니다.

이 책이 중고생들뿐만 아니라 한국어를 배우는 모든 분들께 도움이 되기를 바랍니다. 그리고 여러분의 생활 속에서 나에게 맞는 나만의 학습 방법을 찾아 그 속에서 즐거움과 성취감을 누리시길 바랍니다.

李 松 熙
이 송 희

2022.12

透過《안녕하세요》奠定聽、說、讀、寫各方面的紮實基礎

　　本書的詞彙及文法以韓國語文能力測驗（TOPIK I）1級為範圍進行撰寫，課文中的會話圍繞各種實體生活情境，增加其實用性。習得韓文字母40音及收尾音後，進一步挑戰連音及各種音變規則，各課中第一次出現的發音規則皆加註詳細的發音說明，方便學習者快速掌握發音訣竅。

　　雖然TOPIK I考題不包含寫作，然而學習並練習寫出韓文字母、詞彙及句子，甚至短文，才能讓語言的學習更加完整，因此在學習完每課主要內容後，皆規劃了「小試身手」及「綜合練習」。其中「小試身手」為複習該課的學習成果，「綜合練習」則是包含模擬TOPIK I「聽力」及「閱讀」兩考科的習題，旨在讓學習者探測自我實力。此外，還有搭配各課主題的模擬情境會話問答，幫助學習者一步步建立並培養韓語的口說能力。

　　無論是因著興趣或者是欲具備多一種外語能力而開始接觸韓語，透過本書可同時在聽、說、讀、寫各方面奠定紮實基礎。

　　感謝瑞蘭國際出版的專業團隊協助本書的完成，感謝父母、弟弟總是在物質、心理兩面給予我完全的支持，願將一切愛、感謝與榮耀獻給親愛的聖三位和主！

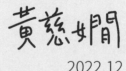

2022.12

I 結構

　　本書為針對第二外語學習者設計編撰之韓語初級基礎教材，全書分 1、2 冊，每冊 6 課，共 12 課，學習內容相當於韓檢初級程度。第二冊從第 7 課開始，每一課主要皆以「情境與對話」、「詞彙」及「文法」構成，緊接著的是「小試身手」與「綜合練習」，以及最後介紹韓國文化及旅遊資訊的「課堂活動」。

　　「附錄」則包含各課「小試身手」與「綜合練習」的參考答案，以及全書的「單字總整理」。此外，本書出現課文、單字、例句皆可透過音檔 QR Code 隨時練習，強化聽力，便於學習者練習並加強口說能力。

II 內容

1 情境與對話

　　各課以「情境與與對話 1」及「情境與與對話 2」呈現，劃分為兩個情境對話，內容貼近實際生活，有趣、實用、好學習。若能熟記這些對話內容，便可實際應用於各式各樣的場合中。

2 詞彙

　　本書整理出實際生活以及韓檢初級範圍中經常出現之詞彙，再依照主題，一一帶入每一課的「情境與對話 1」與「情境與對話 2」中，並彙整成「詞彙 1」和「詞彙 2」。此外，還有隨時出現的「新詞彙」，為學習者適時做補充。一、二冊各約包含 500 個詞彙。

3 文法

　　各課配合「情境與對話」的主題，以淺顯易懂的方式，分別介紹 4 個文法，並說明其適用情境、對象及需留意的要點，而所編寫的例句亦能幫助學習者快速掌握學習重點。另外，也依照文法特色陸續加入了「文法比一比」內容，讓初學者在學習過兩個相似的文法後，能再次掌握並區分要點。

4 小試身手

　　學習各課主要內容後，便可利用「小試身手」再次加以熟悉各課詞彙及文法要點，亦能強化書寫能力。

5 綜合練習

　　此部分主要由「聽力與會話」、「情境會話練習」、「閱讀與寫作」組成，皆為韓檢的模擬試題，讓學習者在平日學習過程中便能對韓檢題型不感到陌生。其中「聽力與會話」可強化聽力，提升理解對話內容的能力；「情境會話練習」則是同步加強聽力及口說表達能力；「閱讀與寫作」可先利用範本進行中譯練習，再參照範例寫出一篇短文，如此一來在語言學習的初期就能奠定寫作的基礎能力。

6 課堂活動

　　「課堂活動」中包含韓國文化及旅遊資訊，讓韓語學習過程中，亦能對韓國文化有進一步認識。

III 學習目標和成效

　　本書中出現的「詞彙」、「新詞彙」、「情境與對話」及各「文法」中的例句，皆可透過音檔隨時練習以強化聽力。而各課中的「情境與對話」與「情境會話練習」則可強化口說能力，並能實際運用於日常生活中。「小試身手」及「閱讀與寫作」，則有助於強化學習者的閱讀及書寫能力。綜上所述，使用本書學習能確實奠定韓語聽、說、讀、寫—語言學習的核心能力之基礎，並進一步挑戰韓國語能力測驗初級。

目次

	主題		詞彙
第 7 課	요즘 날씨가 어때요 ? 最近天氣如何 ?	날씨 'ㅂ불규칙' 형용사 취미 (1)	天氣 「ㅂ不規則」形容詞 興趣 (1)
第 8 課	지금 몇 시예요 ? 現在幾點呢 ?	시간 (1) 하루일과 시간 (2)	時間 (1) 一天的日程 時間 (2)
第 9 課	우리 점심 먹을까요 ? 我們要吃午餐嗎 ?	식당 종류 음식 종류 (1) 음식 종류 (2) 취미 (2) 부사	餐廳類型 食物種類 (1) 食物種類 (2) 興趣 (2) 副詞
第 10 課	가족이 몇 명이에요 ? 你們家有幾個人 ?	가족 어휘 존댓말 어휘 나이 신체 어휘 증상 어휘	家庭詞彙 敬語詞彙 年紀 身體詞彙 症狀詞彙
第 11 課	여기에서 혜화동까지 얼마나 걸려요 ? 從這裡到惠化洞要花多久時間呢 ?	교통수단 이동 관련 표현 교통수단 이용 장소	交通方式 關於移動的表達方法 乘坐交通工具的場所
第 12 課	운동화 사러 백화점에 갈 거예요 . 我要去百貨公司買運動鞋。	장소 (3) 여가 활동	場所 (3) 閒暇活動

情境與對話	文法與表現
날씨에 관련된 어휘와 표현 與天氣相關的語彙 **취미 생활** 興趣	1. ‘ㅂ’ 불규칙 2. A / V- 지만 3. A / V- 지요 ?, N(이) 지요 ? 4. A / V- 네요 , N(이) 네요
시간을 묻고 답하기 詢問時間並回答 **주말 계획 세우기** 制定週末計畫	1. 시간 2. N 부터 N 까지 3. V- 아서 / 어서 / 해서 4. V-(으) ㄹ 거예요
음식 종류 소개 食物種類介紹 **여가 활동을 통한 능력 여부** 是否有擅長的休閒活動	1. V-(으) ㄹ까요 ? 2. ‘ㄷ’ 불규칙 3. A / V- 아서 / 어서 / 해서 , N(이) 라서 4. V-(으) ㄹ 수 (가) 있다 / 없다
존댓말을 사용하여 가족 소개하기 用敬語介紹家庭 **권유와 금지 표현** 表達勸誘和禁止	1. A / V -(으) 시 -、(N) 이세요 2. 존댓말 어휘 3. ‘으’ 불규칙 4 . V- 지 마세요
교통수단과 이동 관련 표현 알기 學習交通方法與移動方式的表現 **대중교통 이용과 목적지 가는 방법 표현 알기** 學習大眾交通工具的使用與前往目的地的表現方法	1. N 에서 N 까지 2. N(으) 로 3. ‘ㄹ’ 불규칙 4. V- 아 / 어 / 해 주다
의도 표현 表達意向 **희망 표현** 表達期望	1. V-(으) 러 가다 / 오다 2. V-(으) 려고 하다 3. V- 고 싶다 4. V- 고 싶어 하다

제 7 과
요즘 날씨가 어때요?

第 7 課　最近天氣如何？

1. 봄

2. 여름

3. 가을

4. 겨울

[新詞彙]

계절 季節　　**봄** 春天

여름 夏天　　**가을** 秋天

겨울 冬天

情境與對話 1

🔵 **토마스** : 요즘 한국 날씨가 좀 추워요.

🔵 **지　은** : 네, 맞아요. 한국 겨울은 날씨가 좀 추워요.

🔵 **토마스** : 그래서 저는 요즘 밖에 잘 안 나가요.
　　　　　집이 더 좋아요.

🔵 **지　은** : 하하하. 토마스 씨는 집을 너무 좋아해요.

🔵 **토마스** : 네, 제 방은 좋아하지만 밖은 싫어요.

小祕訣

N이 / 가 좋다 / 싫다　喜歡／討厭N
N을 / 를 좋아하다 / 싫어하다　喜歡／討厭N

[新詞彙]

날씨 天氣
맞다 對
밖 外面
잘 안 나가다 不太出門

詞彙 1

● 날씨 天氣

따뜻하다
溫暖的

덥다
熱的

시원하다
涼快的、涼爽的

쌀쌀하다
涼颼颼

맑다
晴朗的

흐리다
陰天的

춥다
冷的

비가 오다
下雨

눈이 오다
下雪

發音規則	當子音「ㄱ、ㄷ、ㅂ、ㅈ」遇到「ㅎ」時，會唸作 [ㅋ、ㅌ、ㅍ、ㅊ]，這種發音規則屬於「激音化」。 例如：「따뜻하다」唸作 [따뜨타다]

👃 **小祕訣**

「비가 오다」、「눈이 오다」可以替換成「비가 내리다」、「눈이 내리다」。

‘ㅂ불규칙’ 형용사 「ㅂ不規則」形容詞

쉽다
簡單的

어렵다
難的

가볍다
輕的

무겁다
重的

맵다
辣的

싱겁다
淡的

귀엽다
可愛的

아름답다
美麗的

가깝다
近的

◉ 'ㅂ' 불규칙 「ㅂ」不規則

　　當部分動詞或形容詞原形語尾「다」前方的收尾音是「ㅂ」，且與以母音為首的語尾結合時，「ㅂ」會脫落並再加上「우」。

單字	- 아요 / 어요	- 았어요 / 었어요	- 습니다 / ㅂ니다	- 지만
덥다 熱的	더워요	더웠어요	덥습니다	덥지만
춥다 冷的	추워요	추웠어요	춥습니다	춥지만
쉽다 簡單的	쉬워요	쉬웠어요	쉽습니다	쉽지만
어렵다 難的	어려워요	어려웠어요	어렵습니다	어렵지만

· **여름은 더워요.**　　　　　夏天很熱。

· **어제는 추웠어요. 하지만 오늘은 춥지 않아요.**　昨天很冷，但是今天不冷。

· **이번 시험은 아주 쉬웠어요.**　　這次的考試相當簡單。

· **이 책은 조금 어려워요.**　　　這本書有點難。

小祕訣

　　有些動詞或形容詞原形語尾「다」前方的收尾音是「ㅂ」，但不屬於「ㅂ」不規則，因此與以母音為首的語尾結合時不需做變化，如：「입다 → 입어요」（穿）、「좁다 → 좁아요」（窄）、「잡다 → 잡아요」（抓）、「씹다 → 씹어요」（嚼）。

補充文法

「A / V-지 않다」　不……

文法 1-2

◉ A / V- 지만　（雖然）……但是……

「지만」接續在動詞或形容詞語幹後，表示前後文內容的轉折、對立或相反。有無收尾音都可以結合使用。

· 떡볶이는 맛있지만 매워요.　　　　　　　辣炒年糕很好吃，但很辣。

· 한국은 덥지만 호주는 추워요.　　　　　　韓國很熱，但澳洲很冷。

· 저는 고기를 먹지만 친구는 고기를　　　　雖然我吃肉，但是我朋友不吃。
　안 먹어요.

· 어제는 비가 왔지만 오늘은 비가 안 와요.　昨天雖然有下雨，但是今天沒有。

小祕訣

1. 「A / V지만」文法常以「하지만」（雖然……但是……）、「그렇지만」（但是）
   的型態在句中使用。
   한국어는 어렵지만 재미있습니다.　　　　韓語雖然難，但是很有意思。
   = 한국어는 어렵습니다. 하지만 재미있습니다.　韓語很難。但是很有意思。
   = 한국어는 어렵습니다. 그렇지만 재미있습니다.　韓語很難。但是很有意思。
2. 「미안하지만」（不好意思）、「실례지만」（不好意思）、「죄송하지만」（不
   好意思）等形式可以使用在會話上，常用於請求或拜託別人做某一件事情。
   · 미안하지만 김치 좀 더 주세요.　　　　不好意思，請再給我一些泡菜。
   · 실례지만, 서울 시청이 어디에 있어요?　不好意思，請問首爾市政府在哪裡呢？
   · 죄송하지만 다시 한 번 말씀해 주세요.　不好意思，請您再說一次。

[新詞彙]

서울 시청 首爾市政府
다시 한 번 말씀해 주세요 請您再說一次

1. 請參照範例，將以下形容詞原形，運用「ㅂ不規則」寫看看。

形容詞的原形	- 아요 / 어요	- 았어요 / 었어요	- 습니다 / ㅂ니다	- 지만
덥다 熱的	더워요			
춥다 冷的		추웠어요		
쉽다 簡單的			쉽습니다	
어렵다 難的				어렵지만
가볍다 輕的				
무겁다 重的				
맵다 辣的				
싱겁다 淡的				
귀엽다 可愛的				
아름답다 美麗的				
가깝다 近的				

2. 請參照範例，運用「ㅂ不規則」完成句子。

[보기] 여름 / 덥다 → 여름이 더워요.

(1) 겨울 / 춥다 →

(2) 시험 / 쉽다 →

(3) 영어 / 어렵다 →

(4) 가방 / 가볍다 →

(5) 의자 / 무겁다 →

(6) 떡볶이 / 맵다 →

(7) 반찬 / 싱겁다 →

(8) 강아지 / 귀엽다 →

(9) 경치 / 아름답다 →

(10) 학교 / 가깝다 →

[新詞彙]

반찬 小菜
강아지 小狗
경치 風景

○ 3. 請參照範例，看圖完成句子。

[보기]

[新詞彙]

어때요? 如何？
예쁘다 漂亮
작다 小
깨끗하다 乾淨

가 : 이 옷이 어때요?
나 : <u>예쁘지만 비싸요. (예쁘다 / 비싸다)</u>

(1)

가 : 토마스 씨 방이 어때요?
나 : _____.
　　(작다 / 깨끗하다)

(2)

가 : 불고기가 어때요?
나 : _____.
　　(맛있다 / 비싸다)

(3)

가 : 한국어 공부가 어때요?

나 : _____.

(어렵다 / 재미있다)

(4)

가 : 요즘 날씨가 어때요?

나 : _____.

(저번 주는 춥다 / 이번 주는
따뜻하다)

(5)

가 : 오늘 교통이 어때요?

나 : _____.

(어제는 복잡하다 / 오늘은 안
복잡하다)

(6)

가 : 이 책이 어때요?

나 : _____.

(쉽다 / 재미없다)

[**新詞彙**]

저번 주 上週

교통 交通

情境與對話 2

● **지　은** : 토마스 씨는 주말에 보통 뭐 해요?

● **토마스** : 저는 영화를 자주 봐요.
　　　　　그런데 요즘 날씨가 시원해요.
　　　　　그래서 여의도 공원에 가요.
　　　　　거기에서 스케이트보드를 타요.
　　　　　지은 씨도 스케이트보드를 잘 타지요?

● **지　은** : 네, 잘 타요. 저도 주말에 스케이트보드를
　　　　　자주 타요.

● **토마스** : 와, 우리는 취미가 같네요.

[新詞彙]

그런데 可是、但是
자주 經常
같다 相同

● 취미 (1) 興趣（1）

소풍을 가다
郊遊

노래를 하다
唱歌

요리를 하다
做料理

인터넷을 하다
上網

사진을 찍다
照相

춤을 추다
跳舞

그림을 그리다
畫圖

꽃을 구경하다
賞花

스케이트보드를 타다
玩滑板

한국 드라마를 보다
看韓劇

집에서 쉬다
在家休息

쇼핑을 하다
購物

文法 2-1

◐ A / V- 지요 ?, N(이) 지요 ? …… （對）吧 ? 、……沒錯吧 ?

1.針對已經知道的事情向對方進行確認，或向別人尋求認同。

2.表示比「요形」委婉的口氣，用於疑問句中，此時中譯為
「……嗎 ? 」、「……呢 ? 」。

此句型接續在動詞或形容詞語幹後，有無收尾音都可以使用「-지요」。

· 가 : 요즘 비가 많이 오지요?　　　　最近常常下雨對吧 ?
　나 : 네, 거의 매일 비가 와요.　　　對，幾乎每天下雨。

· 가 : 영화관에 사람이 많지요?　　　電影院人很多是吧 ?
　나 : 네, 사람이 아주 많아요.　　　是的，人非常多。

· 가 : 한국 음식을 좋아하지요?　　　你喜歡韓國料理沒錯吧 ?
　나 : 네, 저는 비빔밥을 제일 좋아해요.　是的，我最喜歡拌飯了。

· 가 : 이 기자는 한국 사람이지요?　　李記者是韓國人對吧 ?
　나 : 네, 저는 한국 사람이에요.　　對，我是韓國人。

· 가 : 어제 시험 쉬웠지요?　　　　昨天的考試很簡單對吧 ?
　나 : 아니요. 조금 어려웠어요.　　不。有點難。

[新詞彙]

거의 幾乎
비빔밥 拌飯

· 가 : 방학에 한국에 갈 거지요?　　　　放假時要去韓國是嗎？

　나 : 아니요. 일본에 갈 거예요.　　　　不。要去日本。

小祕訣

1. 過去式：「A / V-았 / 었지요?」、「N였지요 / 이었지요?」
   未來式：「A / V-(으)ㄹ 거지요?」
2. 但對方在回答時不能使用「-지요」，而是使用「-아 / 어요」。
3. 口語中，「-지요」可以縮寫成「-죠」。

[新詞彙]

방학 放（寒暑）假

文法 2-2

○ A / V- 네요 , N(이) 네요 ……耶、……喔、……啊

對於現在剛發現或剛得知的事實，表達感嘆、讚嘆或驚嘆之意。

接續於動詞或形容詞語幹後，有無收尾音都可以使用「-네요」。

· 가 : 오늘 거기 날씨가 어때요?　　　　今天那裡的天氣如何呢？
　나 : 좀 덥네요.　　　　　　　　　　有點熱啊！

· 오늘 차가 많이 막히네요.　　　　　　今天塞車塞得很嚴重呢！

· 이 식당 불고기가 정말 맛있네요.　　　這家餐廳的烤肉真好吃耶！

· 오늘이 지은 씨 생일이네요.　　　　　今天是智恩的生日啊！

· 토마스 씨 여자 친구가 예쁘네요.　　　湯瑪士先生的女朋友好漂亮啊！

· 서울 명동에는 사람이 정말 많네요.　　首爾明洞的人真的很多耶！

小祕訣

過去式「A/V-았네요 / 었네요」用於剛得知的事實為已經發生或已經結束之情境。
· 비가 왔네요.（剛剛才知道有下雨的實情）下雨了啊！
· 어렸을 때 귀여웠네요.（看了小時候照片，才發現此事實）你小時候很可愛喔！

[新詞彙]

차가 막히다　塞車
여자 친구　女朋友
명동　明洞
어렸을 때　小時候

◐ 1. 運用「~ 지요 ?」，將以下單字填入空格內。

의사이다　　유명하다　　좋아하다　　배우다　　맛있다　　비싸다

(1) 가 : 이 식당 음식이 _____?

　　나 : 네, 아주 맛있어요. 특히 불고기가 맛있어요.

(2) 가 : 한국 케이팝 음악을 _____?

　　나 : 네, 저는 남자 그룹을 좋아해요.

(3) 가 : 백화점 물건이 _____?

　　나 : 네, 시장보다 많이 비싸요.

(4) 가 : 지은 씨, 오빠는 _____?

　　나 : 아니요. 회사원이에요.

(5) 가 : 한국은 김치가 _____?

　　나 : 네, 세계 사람들이 다 알아요.

(6) 가 : 수요일마다 한국어를 _____?

　　나 : 아니요. 금요일마다 한국어를 배워요.

[新詞彙]	
유명하다 有名的	**특히** 尤其是
불고기 烤肉	**케이팝 음악** K-pop 音樂
물건 東西	**보다** 比起……
어머니 母親	**가정 주부** 家庭主婦
세계 世界	**마다** 每……

○ 2. 請參照範例，看圖完成句子。

[보기]

가 : 일본 사람이지요?

나 : 아니요. 일본 사람이 아니에요. 저는 한국 사람이에요.

(1)　　　　　　　　　　　　　　　　(2)

가 : 오늘 아침에 토스트를 _____?　가 : 오늘도 _____?
　　(먹다)　　　　　　　　　　　　　　(눈이 오다)

나 : 네, 토스트를 먹었어요.　　　　나 : 아니요. 오늘은 맑아요.

(3)

×	○

(4)

○	×

가 : 지금 커피를 ＿＿＿＿＿＿?

(마시다)

나 : 아니요. 지금 유자차를 마셔요.

가 : 이번 방학에 한국에 ＿＿＿＿＿＿?

(가다)

나 : 네, 한국에 갈 거예요.

◎ 3. 運用「A/V- 네요」、「N(이) 네요」，將以下形容詞填入空格內。

이 식당 음식이 맛있다 → 이 식당 음식이 맛있네요.

(1) 동생이 키가 크다 →

(2) 그 배우가 멋있다 →

(3) 교통이 복잡하다 →

(4) 여기 경치가 아름답다 →

(5) 어제가 지은이 생일이었다 →

(6) 어렸을 때 귀여웠다 →

[新詞彙]

키가 크다 個子高

멋있다 帥氣

4. 運用「A/V- 네요」、「N（이）네요」，請看圖回答問題。

[보기]

[新詞彙]
순두부찌개　豆腐鍋

가 : 여기 경치가 어때요?

나 : <u>아름답네요.</u> (아름답다)

(1)

가 : 순두부찌개 맛이 어때요?

나 : 맛있지만 조금 _____.
　　(맵다)

(2)

가 : 오늘 커피를 4잔 마셨어요.

나 : 많이 _____.
　　(마시다)

(3)

가 : 대만 옥산이 3952미터예요.

나 : 와, 정말 _____.

　　(높다)

(4)

가 : 요즘 백화점 세일 기간이에요.

나 : 아 그래서 그런지 사람이

　　_____.

　　(많다)

[新詞彙]	
대만 옥산	臺灣玉山
미터	公尺
높다	高
그래서 그런지	可能因為那樣

◯ 1. 聽力與會話 ▶MP3-09

請根據聽到的內容，選擇正確的答案。

[新詞彙]

가족 家族、家人　**명** 名
수영장 游泳池　**산** 山
바다 海　**매주** 每週

(1) 잘 듣고 연결하세요.

① 아버지　　　　　　　　　　· (a)

② 어머니　　　　　　　　　　· (b)

③ 누나　　　　　　　　　　· (c)

④ 저(나)　　　　　　　　　　· (d)

(2) 잘 듣고 맞으면 〇, 틀리면 × 하세요.

① 아버지는 주말에 바다에 갑니다.　　　　　　　(　)

② 어머니는 집에서 드라마를 봅니다.　　　　　　(　)

③ 누나는 매주 집에 있습니다.　　　　　　　　(　)

④ 저는 영화를 좋아하지 않지만 운동을 좋아합니다.　(　)

○ 2. 情境會話練習

(1) 한국 순두부찌개가 어때요?

(2) 한국어 공부가 어때요?

(3) _____씨, 방이 어때요?

(4) 오늘 날씨가 어때요?

(5) _____씨, 운동을 좋아하지요?

(6) _____씨, 생일이 여름이지요?

○ 3. 閱讀與寫作

제 고향은 한국 서울입니다.

한국에는 봄, 여름, 가을, 겨울 사계절이 있습니다.

한국의 봄은 아주 따뜻합니다. 산과 공원에는 꽃이 핍니다.

한국의 여름은 덥습니다. 그래서 사람들은 바다에서 물놀이를 합니다.

한국의 가을은 시원합니다. 그리고 하늘이 맑습니다.

한국의 겨울은 춥고 눈이 많이 옵니다.

저는 사계절 중 봄을 좋아합니다.

여러분은 무슨 계절을 좋아합니까?

[新詞彙]

고향 故鄉
꽃이 피다 開花
물놀이를 하다 玩水
하늘 天、天空
중 ⋯⋯之中

韓翻中練習

1

2

3

4

5

6

7

8

請參照上方內容，擬出一份關於故鄉的介紹稿。

1

2

3

4

5

6

7

8

● 한국의 공휴일 韓國的公休日

名稱	日期	說明
신정	1 월 1 일	元旦，新年第一天。
설날	음력 (農曆) 1 월 1 일 ~ 1 월 3 일	春節，韓國春節年假 3 天。
삼일절	3 월 1 일	三一節，為紀念韓國抵抗日本帝國主義壓迫，於 1919 年 3 月 1 日向全世界發表獨立宣言的日子。
부처님 오신 날	음력 (農曆) 4 월 8 일	佛祖誕生日。
어린이날	5 월 5 일	兒童節。
현충일	6 월 6 일	顯忠日，為緬懷韓戰期間及其他戰爭中因保護國家而獻出寶貴生命的烈士英雄的節日。
광복절	8 월 15 일	光復節，1945 年 8 月 15 日，韓國光復的紀念日。
추석	음력 (農曆) 8 월 15 일	中秋節，韓國中秋節年假 3 天。
개천절	10 월 3 일	開天節，紀念公元前 2333 年，壇君建立了古朝鮮的日子。
한글날	10 월 9 일	韓文節，紀念 1446 年，世宗大王頒布了訓民正音的日子。
크리스마스	12 월 25 일	聖誕節。

● 文法 1-1 'ㅂ' 불규칙

單字	- 아요 / 어요	- 았어요 / 었어요	- 습니다 / ㅂ니다	- 지만
덥다	더워요	더웠어요	덥습니다	덥지만
춥다	추워요	추웠어요	춥습니다	춥지만
쉽다	쉬워요	쉬웠어요	쉽습니다	쉽지만
어렵다	어려워요	어려웠어요	어렵습니다	어렵지만

● 文法 1-1 A/V- 지만

單字	- 지만	- 았지만 / 었지만
맛있다	맛있지만	맛있었지만
어렵다	어렵지만	어려웠지만
재미있다	재미있지만	재미있었지만
복잡하다	복잡하지만	복잡했지만

(1) 순두부찌개가 맵지만 맛있어요.

(2) 지은 씨는 많이 먹지만 날씬해요.

(3) 지훈 씨는 키가 작지만 운동을 잘해요.

文法 2-1　A/V- 지요 ?, N(이) 지요 ?

(1) 오늘 정말 덥지요?

(2) 이 선생님은 한국 사람이지요?

(3) 지은 씨는 독서를 좋아하지요?

文法 2-2　A/V- 네요 , N(이) 네요

(1) 오늘 도서관에 사람이 많네요.

(2) 원피스가 예쁘네요!

(3) 가 : 저는 김치를 잘 먹어요.

　　나 : 김치를 좋아하네요!

(4) 오늘은 지은 씨 생일이네요!

情境與對話 1

湯瑪士：最近韓國天氣有點冷。

智　恩：是的，沒錯。韓國冬天的天氣是有點冷。

湯瑪士：所以我最近都不太出門，更喜歡在家。

智　恩：哈哈哈，湯瑪士你太喜歡在家。

湯瑪士：是的，喜歡我的房間，但不喜歡戶外。

情境與對話 2

智　恩：湯瑪士週末通常都會做什麼呢？

湯瑪士：我經常看電影。

　　　　但是最近天氣很涼爽，

　　　　所以會去汝矣島公園，

　　　　在那裡玩滑板。

　　　　智恩也很會玩滑板對吧？

智　恩：是的，很會玩呢！我也常常在週末玩滑板。

湯瑪士：哇，我們的興趣一樣呢！

제 8 과
지금 몇 시예요 ?

第 8 課 現在幾點呢 ?

情境與對話 1

● **토마스** : 지금 몇 시예요?

● **지　은** : 오후 3시 30분이에요.

● **토마스** : 내일 한국어 수업이 있지요?

● **지　은** : 네, 오전 9시부터 수업이 있어요.

● **토마스** : 그럼, 몇 시까지 한국어 수업을 해요?

● **지　은** : 한국어 수업은 12시까지 해요.

● **토마스** : 아, 한국어 수업은 오전 9시부터 12시까지
　　　　　있군요!

補充文法

V-는군요, A-군요, N(이)군요
表示感嘆。意思為「……呢！」、「……啊！」

詞彙 1

● 시간 (1) 時間 (1)

하나 一	한 시	一點	일 一		일 분	一分	
둘 二	두 시	二點	이 二		이 분	二分	
셋 三	세 시	三點	삼 三		삼 분	三分	
넷 四	네 시	四點	사 四		사 분	四分	
다섯 五	다섯 시	五點	오 五		오 분	五分	
여섯 六	여섯 시	六點	십 十		십 분	十分	
일곱 七	일곱 시	七點	이십 二十		이십 분	二十分	
여덟 八	여덟 시	八點	삼십 三十		삼십 분	三十分	
아홉 九	아홉 시	九點	사십 四十		사십 분	四十分	
열 十	열 시	十點	오십 五十		오십 분	五十分	
열하나 十一	열한 시	十一點	오십팔 五十八		오십팔 분	五十八分	
열둘 十二	열두 시	十二點	오십구 五十九		오십구 분	五十九分	

(시 / 분 為欄位標示)

오전 （上午，AM）	새벽 （凌晨）	낮 （白天）	
	아침 （早上）		
오후 （下午，PM）	점심 （中午）	밤 （夜晚）	
	저녁 （傍晚）		

發音規則	「열한 시」唸作 [여란 시]，音變規則為「ㅎ弱音化」。當「ㅎ」前方的字尾音是「ㄹ」時，則「ㅎ」音會弱化。

하루일과 一天的日程

일어나다
起床
_____

세수하다
洗臉
_____

아침 (점심 / 저녁) 을 먹다
吃早餐（午餐／晚餐）

버스를 타다
搭公車
_____

지하철을 타다
搭捷運
_____

수업이 시작되다
開始上課
_____

수업이 끝나다
上課結束
_____

출근하다
上班
_____

퇴근하다
下班
_____

방 청소를 하다
打掃房間
_____

샤워하다
洗澡
_____

잠을 자다
睡覺
_____

◉ 시간 時間

詢問時間的說法是「몇 시예요?」（幾點？），而回答時間時，「……點（時）」的部分是以純韓文數字表現，至於「……分」的部分則是以漢字數字表達。

（純韓文數字）**시** 時	（漢字音數字）**분** 分

· 저는 보통 아침 일곱 시에 일어나요.　　　我一般都早上七點起床。

· 어머니는 열두 시 삼십 분에 점심을 드세요.　母親十二點三十分吃午餐。

· 학교 수업은 오후 세 시에 끝나요.　　　學校課程是下午三點結束。

· 언니는 밤 열두 시쯤에 자요.　　　姊姊晚上十二點左右睡覺。

👆小祕訣

7:15 → 일곱 시 십오 분
　　　7點15分
4:30 → 네 시 삼십 분(= 네 시 반)
　　　4點30分（4點半）
10:55 → 열 시 오십오 분 (= 열한 시 오 분 전)
　　　10點55分（再5分鐘就11點）
6:50 → 여섯 시 오십 분 (= 일곱 시 십 분 전)
　　　6點50分（再10分就7點）

[新詞彙]

드세요 是「먹다」（吃）
的敬語

N쯤

中譯為「大約、左右」，通常以「數字＋單位＋쯤」的形式來使用。

· 사과 세 개에 5,000원쯤 해요.　　　　　蘋果三顆5,000圓左右。

· 언니는 매일 저녁 8시쯤 공원에 가요.　　姊姊每天傍晚8點左右去公園。

小祕訣

　　「시간」除了有「時間」的意思之外，前方若加上純韓文數字，則表示「……小時」，例如「한 시간、두 시간」（一小時、兩小時）。

· 가 : 오늘 도서관에서 몇 시간 공부했어요?　今天在圖書館讀了幾小時的書？
　나 : 세 시간 공부했어요.　　　　　　　　　讀了三小時。

文法 1-2

◉ N 부터 N 까지　從 N 到 N

　　「부터」和「까지」加在時間名詞之後，表示時間的開始與結束。「부터」（從……）表示某個動作或狀態的時間起點，「까지」（到……）表示某個動作或狀態的時間終點。

[新詞彙]

콘서트（concert）
演唱會

· **오전 9시부터 12시까지 한국어를 배워요.**
　我從早上9點到12點學習韓文。

· **그 가수의 콘서트는 8월 13일부터 16일까지예요.**
　那個歌手的演唱會是從8月13號到8月16號。

· **매주 월요일부터 금요일까지 학교에 가요.**　每週一到五去學校。

· **오늘은 아침부터 저녁까지 방청소를 했어요.**　今天從早上打掃房間到晚上。

☕ 小祕訣

除了時間以外，還可以用來表示某範圍或價格的開始與結束。

· **오늘 숙제는 20쪽부터 25쪽까지예요.**
　今天的作業是從20頁到25頁。

[新詞彙]

쪽　頁

· **딸기는 한 박스에 7,000원부터 10,000원까지 있어요.**
　草莓一盒7,000圜到10,000圜。

補充文法

「부터」除了與「까지」一起搭配使用外，亦可單獨使用。

・**언제부터 한국어를 배웠어요?**　　　　從什麼時候開始學韓文的呢？

・**아침부터 비가 내려요.**　　　　雨從早上開始下。

・**몇 시까지 한국어 수업이 있어요?**　　　　請問韓文課上到幾點呢？

・**시험이 오늘까지 있어요.**　　　　考試到今天為止。

◯ 1. 請參照範例，看圖回答問題。

[보기]

가 : 지금 몇 시예요?

나 : <u>오후 한 시 오 분이에요.</u>

(1)

가 : 지금 몇 시예요?

나 : _____.

(2)

가 : 지금 몇 시예요?

나 : _____.

(3)

가 : 지금 몇 시예요?

나 : _____.

(4)

가 : 지금 몇 시예요?

나 : _____.

(5)

가 : 지금 몇 시예요?

나 : _____ .

(6)

가 : 지금 몇 시예요?

나 : _____ .

◯ 2. 請參照範例，看圖完成句子。

[보기]

가 : 몇 시에 일어납니까?

나 : **아침 여섯 시에 일어납니다.**

(1)

가 : 몇 시에 아침을 먹습니까?

나 : _____ .

(2)

가 : 몇 시에 학교에 갑니까?

나 : _____ .

(3)

`8:00` am

가 : 몇 시에 수업이 시작됩니까?

나 : _____ .

(4)

`4:55` PM

가 : 몇 시에 수업이 끝납니까?

나 : _____ .

(5)

`10:30` PM

가 : 몇 시에 샤워합니까?

나 : _____ .

(6)

`11:30` PM

가 : 몇 시에 잠을 잡니까?

나 : _____ .

○ 3. 請參照範例，完成句子。

[보기]

한국어 수업 : 오전 9시~오후 1시

**→ 한국어 수업은 오전 아홉 시부터 오후 한 시까
지예요.**

[新詞彙]	
휴식 시간	休息時間
근무 시간	上班時間
산책 시간	散步時間

(1) 점심 시간 : 정오 12시~오후 1시

→ _____ .

(2) 휴식 시간 : 오후 2시~오후 3시

→ _____ .

(3) 회의 시간 : 오후 1시 10분~오후 2시 20분

→ _____ .

(4) 회사 근무 시간 : 오전 9시~오후 6시

→ _____ .

(5) 학교 수업 시간 : 오전 9시~오후 3시 30분

→ _____ .

(6) 방 청소 시간 : 오후 7시~오후 8시 15분

→ _____ .

(7) 산책 시간 : 오후 6시~6시 반

→ _____ .

(8) 공부 시간 : 오후 7시~10시

→ _____ .

● 지　은 : 토마스 씨는 보통 수업이 끝나고 뭐 해요?

● 토마스 : 저는 도서관에 가서 숙제를 해요.
　　　　　지은 씨는요?

● 지　은 : 저는 집에 가요.
　　　　　집에 가서 먼저 쉬고 숙제를 해요.

● 토마스 : 요즘 날씨가 정말 좋네요.
　　　　　지은 씨, 이번 주말에 뭘 할 거예요?

● 지　은 : 특별한 계획은 없어요.
　　　　　토마스 씨는 이번 주말에 뭘 할 거예요?

● 토마스 : 저는 잠실 호수 공원에 가서 산책할 거예요.
　　　　　지은 씨도 같이 갈까요?

● 지　은 : 좋아요. 우리 호수 공원에 가서 꽃 구경해요.

[新詞彙]

특별한 特別的
잠실 蠶室
호수 공원 湖濱公園

詞彙 2

● 시간 (2) 時間（2）

일（日）	어제 ___	昨天	오늘 ___	今天	내일 ___	明天
주（週）	저번 주 ___	上週	이번 주 ___	這週	다음 주 ___	下週
월（月）	저번 달 ___	上個月	이번 달 ___	這個月	다음 달 ___	下個月
년（年）	작년 ___	去年	올해 ___	今年	내년 ___	明年

發音規則	「작년」唸作 [장년]，音變規則為「子音同化」。當兩個子音在一起會互相影響而唸起來相像，因此當「ㄱ」遇到「ㄴ」時，「ㄱ」會唸作 [ㅇ]。

文法 2-1

◉ V- 아서 / 어서 / 해서 ······之後······、······然後······

表示前後動作發生的順序,且前後句為具關聯性的接續動作。

· 저는 아침 6시에 일어나서 조깅을 해요.　　我早上6點起來慢跑。

· 도서관에 가서 공부를 해요.　　去圖書館讀書吧。

· 동생하고 같이 떡볶이를 만들어서　　和弟弟妹妹一起做辣年糕來吃。
　먹었어요.

· 주말에 친구를 만나서 영화를 봤어요.　　週末和朋友們見面看電影。

· 어제 저녁을 먹고 공원에 가서　　昨天吃完晚餐去公園散步了。
　산책을 했어요.

小祕訣

1. 此文法無論情境為過去、現在或未來,前行句中的動詞同樣都要將原形改為
「아서 / 어서 / 해서」,而後行句中的動詞則須呈現實際的時態。
· 오늘 점심에 식당에 갔어서 밥을 먹었어요. (×)
　今天中午去餐廳吃飯了。
· 오늘 점심에 식당에 가서 밥을 먹었어요. (○)
　今天中午去餐廳吃飯了。
2. 「V-아서 / 어서 / 해서」與「V-고」(第6課) 的比較。
「V-아서 / 어서 / 해서」:前後句子是具關聯性的接續動作。
「V-고」:前後句子無前後必然關係。
· 친구를 만나서 식당에 갔어요. 表示見朋友後一起去了餐廳。
· 친구를 만나고 식당에 갔어요. 表示見朋友之後,自己去了餐廳。

文法 2-2

◎ V-(으) ㄹ 거예요　將要……、會……

　　表示話者未來的計畫、意志或意願。通常肯定句中主詞為第一人稱，而疑問句中主詞為第二人稱。

· 가 : 주말에 뭐 할 거예요?　　　　　　你週末要做什麼呢？
　나 : 영화관에 가서 영화를 볼 거예요.　我要去電影院看電影。

· 가 : 이번 연휴에 뭐 할 거예요?　　　　你這次連假要做什麼呢？
　나 : 친구하고 같이 부산에 가서 놀 거예요.　要和朋友一起去釜山玩。

· 가 : 점심에 뭐 먹을 거예요?　　　　　你中午要吃什麼呢？
　나 : 학생 식당에서 김치찌개를 먹을 거예요.　我要在學生餐廳吃泡菜鍋。

· 내일 아침부터 일찍 일어날 거예요.　　我明天早上開始要早起。

· 내년에 한국에 유학 갈 거예요.　　　　我明年要去韓國留學。

· 오늘 저녁 8시까지 방 청소를 할 거예요.　今晚8點前我會打掃房間。

✋小祕訣

格式體體例為「-(으)ㄹ 것입니다」或「-(으)ㄹ 겁니다」。

[新詞彙]

놀다　玩

· 내일부터 한국어를 공부할 것입니다.　　我明天開始要學習韓語。

· 다음 주 월요일 오후 1시에 회의를
　할 겁니다.　　　　　　　　　　　　下週星期一下午1點要開會。

1. 請參照範例，看圖問答問題。

[보기]

학교에 가다 / 공부를 하다

→ 학교에 가서 공부를 해요.

(1)

아침에 일어나다 / 세수를 하다

→ _____.

(2)

지은 씨는 공원에 가다 / 산책하다

→ _____.

(3)

토마스 씨는 친구를 만나다 / 영화를 보다

→ _____ .

(4)

지은 씨는 떡볶이를 만들다 / 친구들하고 같이 먹다

→ _____ .

(5)

[新詞彙]

N 한테 주다 給 N

토마스 씨는 꽃을 사다 / 여자 친구한테 주다

→ _____ .

2. 請選出括號中正確的文法。

(1) 나는 지난 토요일에 남자 친구를 (만나서, 만나고) 영화를 봤어요.

(2) 오늘 티셔츠를 (입어서, 입고) 학교에 갔어요.

(3) 학교에 지하철을 (타서, 타고) 가요.

(4) 버스에서 (서서, 서고) 갔어요.

(5) 오늘 작은 가방을 (들어서, 들고) 나갔어요.

(6) 저는 보통 밥을 (먹어서, 먹고) 커피를 마셔요.

(7) 우리는 쇼핑을 (해서, 하고) 같이 식당에 갔어요.

[新詞彙]

남자 친구 男朋友
티셔츠를 입다 穿 T 恤
가방을 들다 提皮包

3. 請將下表中的單字結合「-(으) ㄹ 거예요」，寫出正確的答案。

單字	-(으) ㄹ 거예요	單字	-(으) ㄹ 거예요
마시다		먹다	
배우다		읽다	
쉬다		입다	
쓰다		일어나다	
쇼핑하다		좋아하다	

● 4. 請參照範例，看圖完成句子。

[보기]

가 : 점심에 뭘 먹을 거예요?

나 : <u>점심에 비빔밥을 먹을 거예요.</u>

(1)

> [新詞彙]
>
> **선물을 주다** 送禮物

가 : 여자 친구한테 무슨 선물을 줄 거예요?

나 : _____.

(2)

가 : 주말에 뭘 할 거예요?

나 : _____.

(3)

가 : 수업이 끝나고 뭘 할 거예요?

나 : _____ .

(4)

가 : 학교에 뭘 타고 갈 거예요?

나 : _____ .

(5)

가 : 방학에 뭘 할 거예요?

나 : _____ .

● 1. 聽力與會話 ▶ MP3-18

請根據聽到的內容，選擇正確的答案。

[新詞彙]

시험 범위 考試範圍

(　)　(1) 맞는 것을 고르세요.

① 점심 시간은 오후 1시부터입니다.

② 학교 수업은 12에 끝납니다.

③ 120쪽부터 185쪽까지가 한국어 숙제입니다.

④ 집에서도 열심히 공부합니다.

(2) 잘 듣고 맞으면 ○, 틀리면 × 하세요.

① 저는 매일 아침 6시에 일어납니다. 　　　　　　　(　)

② 저는 아침을 먹고 학교에 갑니다. 　　　　　　　　(　)

③ 이번 주 화요일과 수요일에 한국어 시험이 있습니다. (　)

④ 한국어 시험 범위가 조금입니다. 　　　　　　　　(　)

⑤ 수업은 오후 1시에 끝납니다. 　　　　　　　　　(　)

⑥ 저는 오후 5시에도 도서관에 있습니다. 　　　　　(　)

● 2. 情境會話練習 ▶ MP3-28

(1) 하루의 일정을 말해 보세요.

가 : ○○ 씨는 보통 몇 시에 일어나요?

나 : 여섯 시에 일어나요.

① 가 : ○○ 씨는 보통 몇 시에 일어나요?

　나 : _____.

② 가 : ○○ 씨는 보통 몇 시에 아침을 먹어요?

　나 : _____.

③ 가 : ○○ 씨는 보통 몇 시에 학교에 와요?

　나 : _____.

④ 가 : ○○ 씨는 보통 몇 시에 수업이 시작돼요?

　나 : _____.

⑤ 가 : ○○ 씨는 보통 몇 시에 점심을 먹어요?

　나 : _____.

⑥ 가 : ○○ 씨는 보통 몇 시에 저녁을 먹어요?

　나 : _____.

⑦ 가 : ○○ 씨는 보통 몇 시에 샤워를 해요?

　나 : _____.

⑧ 가 : ○○ 씨는 보통 몇 시에 자요?

　나 : _____.

(2) 말해 보세요.

    ① 지금 몇 시예요?

    ② 오전 수업은 몇 시부터 몇 시까지 있어요?

    ③ 점심 시간은 몇 시부터 몇 시까지 있어요?

    ④ 보통 친구를 만나서 뭐 해요?

    ⑤ 보통 집에 가서 저녁을 먹어요?

    ⑥ 오늘 수업 후에 뭐 할 거예요?

    ⑦ 이번 주말에 뭐 할 거예요?

◯ 3. 閱讀與寫作 ▶MP3-28

지난 주말에 저는 친구들과 같이 동대문 시장에
갔습니다.
동대문 시장에서 티셔츠와 모자를 샀습니다.
저는 보통 월요일부터 금요일까지 학교 수업이
있습니다.
그래서 매일 아침 9시까지 학교에 갑니다.
오늘은 수업이 끝나고 도서관에 갈 겁니다.
그리고 이번 주말에는 북촌 한옥 마을에 갈
겁니다.
거기에서 한국의 전통 한옥을 구경할 겁니다.
그리고 인사동에 가서 맛있는 음식을 먹을
겁니다.

[新詞彙]
북촌 한옥 마을 北村韓屋村
전통 한옥 傳統韓屋
구경하다 觀賞、欣賞
인사동 仁寺洞
맛있는 음식 美食

韓翻中練習

1

2

3

4

5

6

7

8

請參照上方內容，寫看看一天的日記。

1

2

3

4

5

6

7

8

◯ 딱지 접기　摺紙牌

준비물：색종이 2장

材料：色紙2張

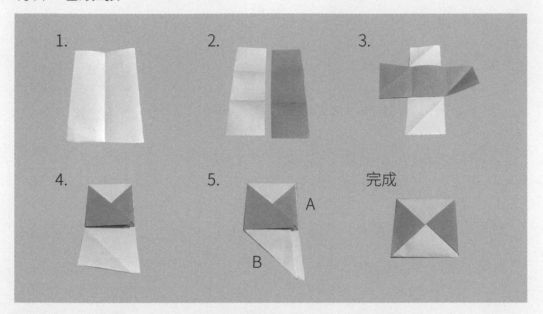

1. 색종이 두 장 절반으로 접어 주세요. 請把兩張色紙摺對半。

2. 절반으로 접은 종이를 삼등분하여 접어 주세요. 請將摺對半之後的紙，再摺成三等份。

3. 두 종이를 십자 모양으로 교차시켜 화살표 순서대로 접어 주세요. 請將兩張紙用十字狀交叉擺放，再依箭頭方向按順序向內摺。

4. 네 개의 삼각형을 사선으로 접어 주세요. 把四個三角形依照摺線摺起。

5. B를 A 밑으로 들어가게 넣어 주면 됩니다. 把B往A的底下放入就完成了！

文法總整理

● 文法 1-1 시간

「～點」的部分是純韓文數字，「～分」的部分是漢字數字表達。

하나 一		한 시	一點	일 一		일 분	一分
둘 二		두 시	二點	이 二		이 분	二分
셋 三		세 시	三點	삼 三		삼 분	三分
넷 四		네 시	四點	사 四		사 분	四分
다섯 五		다섯 시	五點	오 五		오 분	五分
여섯 六	시	여섯 시	六點	십 十	분	십 분	十分
일곱 七		일곱 시	七點	이십 二十		이십 분	二十分
여덟 八		여덟 시	八點	삼십 三十		삼십 분	三十分
아홉 九		아홉 시	九點	사십 四十		사십 분	四十分
열 十		열 시	十點	오십 五十		오십 분	五十分
열하나 十一		열한 시	十一點	오십팔 五十八		오십팔 분	五十八分
열둘 十二		열두 시	十二點	오십구 五十九		오십구 분	五十九分

● 文法 1-2 N 부터 N 까지

(1) 오전 9시부터 12시까지 한국어 수업이 있어요.

(2) 오후 7시부터 8시까지 수영을 배워요.

(3) 월요일부터 금요일까지 학교에 가야 돼요.

● 文法 2-1 V- 아서 / 어서 / 해서

(1) 떡볶이를 만들어서 친구들이랑 먹었어요.

(2) 친구하고 만나서 같이 영화를 봐요.

(3) 동생은 주말에 공원에 가서 운동을 합니다.

● 文法 2-2 V-(으) ㄹ 거예요

單字	- 았어요 / 었어요	- 아요 / 어요	- ㄹ / 을 거예요
사다	샀어요	사요	살 거예요
쉬다	쉬었어요	쉬어요	쉴 거예요
운동하다	운동했어요	운동해요	운동할 거예요
먹다	먹었어요	먹어요	먹을 거예요

(1) 이번 주말에 도서관에 가서 공부할 거예요.

(2) 일요일에 집에서 청소할 거예요.

(3) 오늘 오후에 분식점에 가서 김밥을 먹을 거예요.

情境與對話 1

湯瑪斯：請問現在幾點？

智　恩：下午3點30分。

湯瑪斯：請問明天有韓語課對吧？

智　恩：是的，從早上9點開始上課。

湯瑪斯：那麼，請問韓語課到幾點呢？

智　恩：韓語課到12點。

湯瑪斯：啊，原來韓語課是從早上9點開始到12點呢！

情境與對話 2

智　恩：湯瑪士通常下課後都做些什麼呢？

湯瑪士：我會去圖書館做作業。
　　　　那麼智恩呢？

智　恩：我會回家。
　　　　回家之後先休息接著做作業。

湯瑪士：最近天氣真的很好呢。
　　　　智恩，這週末要做什麼呢？

智　恩：沒有特別的計畫。
　　　　湯瑪士，這週末要做什麼呢？

湯瑪士：我要去蠶室湖濱公園散步。
　　　　智恩也要一起去嗎？

智　恩：好哇，我們去湖濱公園賞花吧。

제 9 과
우리 점심 먹을까요 ?

第 9 課 我們要吃午餐嗎？

學習目標

1. 음식 종류 소개
食物種類介紹

2. 여가 활동을 통한 능력 여부 : 취미 생활 (2), 부사
是否有擅長的休閒活動：興趣（2）、副詞

우리 점심 먹을까요?

기타를 칠 수 있어요.

情境與對話 1

🔵 **토마스** : 지은 씨, 우리 점심 먹을까요?

⚪ **지 은** : 아, 벌써 점심 시간이네요.
　　　　　우리 뭐 먹을까요?

🔵 **토마스** : 음... 우동 어때요?

⚪ **지 은** : 학교에서 일식집이 좀 멀어요.
　　　　　우리 학교 앞 분식점에 가요.
　　　　　거기에서 떡볶이하고 김밥 먹어요.

🔵 **토마스** : 네, 좋아요.
　　　　　오늘은 분식을 먹고 다음에는 일식을
　　　　　먹어요.

> **[新詞彙]**
>
> **벌써** 已經
> **음** 嗯
> **멀다** 遠

詞彙 1

● 식당 종류 餐廳類型

한식
韓式料理

분식
小吃

양식
西餐

중식
中式料理

일식
日式料理

● 음식 종류 (1) 食物種類 (1)

된장찌개
大醬湯

부대찌개
部隊鍋

육개장
辣牛肉湯

설렁탕
雪濃湯

갈비탕
排骨湯

감자탕
馬鈴薯湯

오뎅국
魚板湯

떡국
年糕湯

칼국수
刀削麵

⬤ 음식 종류 (2) 食物種類（2）

짜장면
炸醬麵

짬뽕
炒碼麵

탕수육
糖醋肉

볶음밥
炒飯

만두
水餃

우동
烏龍麵

초밥
壽司

돈가스
豬排

카레라이스
咖哩飯

튀김
炸物

피자
披薩

스파게티
義大利麵

文法 1-1

◯ V-(으) ㄹ까요? （我們）……好嗎?、要不要……呢?

接續在動詞後方,用於詢問對方的意見、想法或給予對方建議、提議時。句子中的主詞常為「우리」（我們）或「우리 같이」（我們一起）,只是經常會被省略。

· 가 : 우리 같이 점심을 먹을까요?　　　　　我們要不要一起吃午餐呢?
　나 : 네, 좋아요.　　　　　　　　　　　　是的,好。

· 가 : 주말에 산책할까요?　　　　　　　　週末一起去散步如何?
　나 : 네, 같이 산책해요.　　　　　　　　好啊,一起去散步。

· 가 : 우리 내일 저녁에 영화 볼까요?　　　我們明天晚上看電影好嗎?
　나 : 네, 같이 영화 봐요.　　　　　　　好啊,一起看電影。

· 가 : 우리 뭘 시킬까요?　　　　　　　　我們點什麼好呢?
　나 : 육개장 한 그릇하고 설렁탕　　　　點一碗辣牛湯和兩碗雪濃湯。
　　　두 그릇 시켜요.

[新詞彙]

그릇 碗

小祕訣

　　當用「V-(으)ㄹ까요?」詢問時,有兩種回答方式:

1.通常使用「-아요 / 어요」勸誘對方或提出自己的意見。

2.使用格式體時,會以「(으)ㅂ시다」來回答,中譯為「……吧!」。但「-(으)ㅂ시다」不能對長輩或社會地位比自己高的人使用。對長輩或社會地位比自己高的人,要使用「-(으)세요」。

· 오늘은 분식을 먹고 다음에는 일식을 먹읍시다.

今天先吃小吃,下次再吃日式料理吧!

· 가 : 내일 어디에서 만날까요?　　　　　明天要在哪裡見面呢?

　나 : 신촌에서 만납시다.　　　　　　　在新村見面吧!

● 'ㄷ' 불규칙 「ㄷ」不規則

部分以「ㄷ」為收尾音的動詞，當與以「ㅇ」為首的語尾結合使用時，「ㄷ」就會變成「ㄹ」。

單字	- 습니다 / ㅂ니다	- 아요 / 어요	- 았어요 / 었어요	-(으) 세요	-(으) ㄹ까요 ?
걷다 走	걷습니다	걸어요	걸었어요	걸으세요	걸을까요 ?
듣다 聽	듣습니다	들어요	들었어요	들으세요	들을까요 ?
묻다 問	묻습니다	물어요	물었어요	물으세요	물을까요 ?

· 가 : 어제 뭘 했어요?　　　　　　　　　　昨天做了什麼呢？
　나 : 집에서 음악을 들었어요.　　　　　　在家聽了音樂。

· 가 : 학교까지 지하철을 타고 가세요?　　請問您搭地下鐵去學校嗎？
　나 : 아니요. 걸어서 가요.　　　　　　　不是。是走路去的。

· 저는 주말에 라디오도 듣고 뉴스도 들어요.　我週末會聽廣播也會聽新聞。

· 친구한테 전화번호를 물었어요.　　　　　我向朋友問了電話號碼。

> **[新詞彙]**
>
> **걸어서 가요** 走路去
> **라디오** 廣播、收音機
> **뉴스** 新聞
> **전화번호** 電話號碼

小祕訣

　　雖然大部分以「ㄷ」為收尾音的動詞，都符合「ㄷ不規則」，但有些以「ㄷ」為收尾音的動詞，屬於規則變化。

單字	- 습니다 / ㅂ니다	- 아요 / 어요	- 았어요 / 었어요
받다 收	받습니다	받아요	받았어요
닫다 關	닫습니다	닫아요	닫았어요

· 어제 생일 선물을 받았어요. 昨天收到了生日禮物。
· 밖이 추워요. 그래서 창문을 닫았어요. 外頭很冷。所以關了窗戶。

[新詞彙]

창문 窗戶

1. 請參照範例，看圖並利用提示字詞完成句子。

[보기]

가 : <u>우리 점심을 먹을까요?</u>

나 : 네, 좋아요.

(1)

가 : 우리 같이 _____ ?

나 : 네, 좋아요.

(2)

가 : 우리 같이 _____ ?

나 : 네, 좋아요.

(3)

가 : _____ ?

나 : 네, 그래요.

(4)

가 : _____ ?

나 : 네, 그래요.

2. 請參照範例，看圖並利用提示字詞完成句子。

[보기]

가 : 내일 어디에서 <u>만날까요?</u>
나 : <u>학교 앞에서 만나요.</u>

(1)

가 : 어디에서 점심을_____?
나 : _____.

(2)

가 : 주말에 어디에_____?
나 : _____.

(3)

가 : 몇 시에_____?
나 : _____.

(4)

가 : 무슨 책을_____?
나 : _____.

3. 請將下表中的單字結合提示的語尾，寫出正確的內容。

單字	- 습니다 / ㅂ니다	- 아요 / 어요	- 았 / 었어요	-(으) 세요	-(으) ㄹ까요 ?
걷다					
듣다					
묻다					
받다					
닫다					

4. 請利用提示的字詞完成句子。

(1) 어제 공원에 갔어요. 거기서 ＿＿＿＿＿＿＿＿. (걷다, -았 / 었어요)

(2) 우리 무슨 음악을 ＿＿＿＿＿＿＿? (듣다, -(으)ㄹ까요?)

(3) 선생님 설명을 잘 ＿＿＿＿＿＿＿ (듣다, -고)
　　모르면 ＿＿＿＿＿＿＿. (묻다, -(으)세요)

(4) 새해 복 많이 ＿＿＿＿＿＿＿. (받다, -(으)세요)

(5) 토마스씨, 창문 좀 ＿＿＿＿＿＿＿. (닫다, -(으)세요)

> **[新詞彙]**
>
> **설명** 說明
> **모르다** 不知道

情境與對話 2

🗨 **토마스** ： 지은 씨는 중국어를 할 수 있어요?

🗨 **지　은** ： 아니요. 저는 중국어를 못해요.
　　　　　　토마스 씨는요?

🗨 **토마스** ： 저도 못해요. 그래서 다음 학기에 중국어를
　　　　　　배울 거예요.
　　　　　　지은 씨도 같이 배워요.

🗨 **지　은** ： 저는 다음 학기부터 요리 학원에 다닐
　　　　　　거예요.

🗨 **토마스** ： 무슨 요리를 배울 거예요?

🗨 **지　은** ： 저는 한식을 좋아해서 한식 요리를 배울
　　　　　　거예요.

📖 補充文法

N을 / 를 잘하다[잘 못하다, 못하다] 擅長
（不太擅長、不會）……
· 저는 한국어를 잘해요. 我擅長韓語。
· 저는 한국어를 잘 못해요. 我不太擅長
韓語。
· 저는 한국어를 못해요. 我不會韓語。

[新詞彙]

못하다 不會
다음 학기 下學期
요리학원 料理學院
(학교 , 회사) 에 다니다 上學、上班

**發音
規則**　　「못해요」要唸作 [모태요]，這個發音規則是「激音化」，因為當
「ㅅ」發音為 [ㄷ]，且「ㄷ」遇見「ㅎ」時，兩者便會結合唸作 [ㅌ]。

詞彙 2

○ 취미 (2) 興趣 (2)

등산을 하다
爬山

축구를 하다
踢足球

야구를 하다
打棒球

수영을 하다
游泳

농구를 하다
打籃球

낚시를 하다
釣魚

배구를 하다
打排球

테니스를 치다
打網球

골프를 치다
打高爾夫球

배드민턴을 치다
打羽毛球

기타를 치다
彈吉他

피아노를 치다
彈鋼琴

자전거를 타다
騎腳踏車

스키를 타다
滑雪

스케이트를 타다
溜冰

● **부사 副詞**

늦게
晚地、遲地

곧
馬上

천천히
慢慢地

가끔
偶爾

다시
重新

또
又

● A / V- 아서 / 어서 / 해서 , N(이) 라서　因為……（所以）……

表示前文是後文的原因或理由。

· 감기에 걸려서 병원에 갔어요.　　　　　　因為感冒，所以去了醫院。

· 비가 와서 축구를 못 했어요.　　　　　　　因為下雨，所以不能踢足球。

· 아침에 늦게 일어나서 학교에 늦었어요.　　早上起得晚，所以上學遲到了。

· 오늘 날씨가 좋아서 기분이 좋아요.　　　　今天天氣很好，所以心情很好。

· 커피를 좋아해서 매일 한 잔씩 마셔요.　　　因為喜歡咖啡，所以每天喝一杯。

· 남자 친구가 한국 사람이라서 한국어를　　因為男朋友是韓國人，所以學
　공부해요.　　　　　　　　　　　　　　　習韓語。

[新詞彙]

감기에 걸리다 感冒
못 V 無法……、不能……
늦다 晚的、遲的
씩 每……

小祕訣

1. 此文法無論情境為過去、現在或未來式，會將前行句中的形容詞或動詞改為「-아서 / 어서 / 해서」的形態，而後行句中的形容詞或動詞則會呈現實際的時態。

· 감기에 걸렸어서 병원에 갔어요. （✕）　　因為感冒所以去了醫院。

· 감기에 걸려서 병원에 갔어요. （〇）　　因為感冒所以去了醫院。

2. 後文不能使用命令或勸誘語氣。

· 감기에 걸려서 병원에 가세요. （✕）　　因為感冒所以請你去醫院。

· 감기에 걸려서 병원에 가십시다. （✕）　　因為感冒所以我們去醫院吧！

· 감기에 걸려서 병원에 갈까요? （✕）　　因為感冒所以要不要去醫院呢？

3. 可使用「A / V-아서 / 어서 / 해서」文法，將原先互為因果的兩個句子結合為一句。

· 감기에 걸렸어요. 그래서 병원에 갔어요.　因為感冒了。所以去了醫院。

　= 감기에 걸려서 병원에 갔어요.　　因為感冒所以去了醫院。

補充文法

「名詞＋여서 / 이어서」用於書面體，「名詞(이)라서」用於口語。書面體中欲表示「因為是……」，會以「名詞＋여서 / 이어서」來表示。無尾音名詞後方接「여서」，有尾音名詞則接「이어서」來使用。

· 백화점 특가 행사여서 백화점에 사람들이 많습니다.　因為是百貨公司特價活動，所以百貨公司裡人很多。

· 공휴일이어서 오늘 학교에 안 갑니다.　因為是公休日，今天不用去學校。

慣用句

· 만나서 반갑습니다.　　　　　　　很高興見到你。

· 늦어서 미안합니다. / 죄송합니다.　遲到了，很抱歉。

· 도와 주셔서 고맙습니다. / 감사합니다.　謝謝您的幫助。

· 초대해 주셔서 고맙습니다. / 감사합니다.　謝謝您的招待。

文法 2-2

○ V-(으)ㄹ 수(가) 있다/없다　會……／不會……、可以……／不可以……

　　用於描述是否具備某項能力，或說明某件事的可能性。欲描述具有可能性或有能力時，用「-(으)ㄹ 수(가) 있다」，反之則使用「-(으)ㄹ 수(가) 없다」。

· 저는 한국어를 조금 할 수 있어요.　　　　我會講一點韓語。

· 오빠는 수영을 잘 할 수 있어요.　　　　哥哥擅長游泳。

· 토마스씨는 스쿠버다이빙을 할 수 있어요.　湯瑪士會潛水。

· 가 : 이번 주말에 동창회에 갈 수 있어요?　這週末會去同學會嗎？
　나 : 아니요. 갈 수 없어요.　　　　　　　不。我沒辦法去。

· 가 : 기타를 칠 수 있어요?　　　　　　　你會彈吉他嗎？
　나 : 아니요. 기타를 칠 수 없어요.　　　不。我不會彈吉他。我會彈鋼琴。
　　　저는 피아노를 칠 수 있어요.

· 우리 가족은 모두 배드민턴을 잘　　　　我們家人都擅長打羽球。
　칠 수 있어요.

[新詞彙]

동창회 同學會

小試身手 2

◎**1. 請參照範例，將左欄的「原因 / 理由」與右欄的「結果」配對，並完成句子。**

原因 / 理由	結果
[보기] 배가 아프다	(a) 약을 먹다
(1) 날씨가 너무 춥다	(b) 학교에 늦다
(2) 머리가 아프다	(c) 옷을 많이 입다
(3) 어제 피곤하다	(d) 잘 못 먹다
(4) 어제 친구의 생일이었다	(e) 집에서 쉬다
(5) 늦게 일어났다	(f) 봄이 좋다
(6) 떡볶이가 맵다	**[보기] 화장실에 가다**
(7) 날씨가 따뜻하다	(g) 생일 파티에 가다

[보기] 배가 아파서 화장실에 가요.

(1) _____

(2) _____

(3) _____

(4) _____

(5) _____

(6) _____

(7) _____

2. 連連看，請將下圖連到正確的動詞。

(1)

(2)

(3)

(4)

(5)

(6)

(7)

(8)

(9)

(10)

(11)

(12)

(13)

(14)

(15)

· 치다

· 하다

· 타다

● 3. 承上題，請運用連接後的子句，寫出完整的句子。

[보기] 나는 골프를 칠 수 있어요.

(1) _____

(2) _____

(3) _____

(4) _____

(5) _____

(6) _____

(7) _____

(8) _____

(9) _____

(10) _____

(11) _____

(12) _____

(13) _____

(14) _____.

◯ 4. 請參照範例，看圖完成句子。

[보기]

가 : 산에 갈 수 있어요?

나 : 아니요. <u>비가 와서 산에 갈 수 없어요.</u>

(1)

가 : 아침에 일찍 일어날 수 있었어요?

나 : 아니요. _____. (어제 늦게 자다)

(2)

가 : 어제 운동을 할 수 있었어요?

나 : 아니요. _____. (늦게까지 야근하다)

(3)

가 : 한국 잡지를 읽을 수 있어요?

나 : 아니요. _____. (어렵다)

(4)

가 : 자동차를 운전할 수 있어요?

나 : 아니요. _____. (운전면허증이 없다)

[新詞彙]

운전면허증 駕照

● 1. 聽力與會話 ▶ MP3-27

請根據聽到的內容，選出正確的答案。

[新詞彙]

역 車站
번 （數字）號
출구 出口

(1) 두 사람은 언제 몇 시에 만납니까?

_____.

(2) 두 사람은 만나서 무엇을 할 겁니까?

_____.

(3) 맞는 것을 고르세요.

① 토마스씨는 지은씨와 집에서 저녁을 먹을 거예요.

② 토마스씨는 지은씨와 남대문 시장에 갈 거예요.

③ 토마스씨와 지은씨는 쇼핑이 끝나고 집에 갈 거예요.

④ 토마스씨와 지은씨는 같이 백화점에서 쇼핑을 할 거예요

● 2. 情境會話練習 ▶ MP3-38

(1) 아래 단어를 이용해서 [보기]와 같이 대화를 만들어 보세요.

가 : 우리 이번 주 토요일에 같이 식사할까요?

나 : 네, 좋아요. 어디에 갈까요?

가 : 학교 근처 식당에 가요.

나 : 좋아요. 식사를 하고 공원에 가요.

	[보기]	(1)	(2)	(3)
언제	**이번 주 토요일**	내일 오후	다음 주 금요일	이번 주 일요일
어디	**학교 근처 식당**	신촌	잠실	한강
무엇	**식사를 하다 공원에 가다**	쇼핑을 하다 커피숍에 가다	영화를 보다 산책하다	자전거를 타다 한강을 구경하다

(2) 아래 단어를 이용해서 [보기]와 같이 대화를 만들어 보세요.

[보기]

가 : 어느 계절을 좋아해요?

나 : 저는 봄을 좋아해요.

가 : 왜 봄을 좋아해요?

나 : 봄은 벚꽃을 볼 수 있어서 좋아요.

[新詞彙]	
벚꽃을 보다	看櫻花
단풍을 보다	看楓葉

① 봄 / 벚꽃을 볼 수 있다

② 여름 / 물놀이를 할 수 있다

③ 가을 / 단풍을 볼 수 있다

④ 겨울 / 스키를 탈 수 있다

◎ 3. 閱讀與寫作

한국 사람들은 분식을 좋아합니다.

분식 중에는 떡볶이, 라면, 칼국수, 떡국 등이 있습니다.

그리고 김밥, 냉면 등이 있습니다.

중식은 짜장면, 짬뽕이 있습니다.

한국 식당은 배달이 빠릅니다.

전화로 주문하면 바로 음식이 배달됩니다.

여러분도 한국에 가면 전화로 음식을 주문해 보세요.

[新詞彙]

등 等
배달 外送
빠르다 快
(으) 로 用
주문하다 訂購、點餐
바로 馬上
배달되다 可以外送

韓翻中練習

1

2

3

4

5

6

7

請利用文法「 - ㄹ / 을 수 있어요 / 없어요」描述自己的才能。

1	
2	
3	
4	
5	
6	
7	

補充文法

1. V-(으)면　如果……、……的話
2. V아 / 어 / 해 보세요　（建議對方）嘗試……

● 해물전 海鮮煎餅

재료：부침가루, 양파 한 개, 당근 한 개, 부추(혹은 파)한 단, 오징어 한 마리, 새우 10개 정도

材料：韓式煎餅粉，洋蔥1個，紅蘿蔔1根，韭菜（或蔥）1把，魷魚1條，蝦仁10尾

作法：

1.將紅蘿蔔切絲，洋蔥剝皮後切絲，韭菜或蔥切段。

2.將魷魚的內臟清理後切丁，並將每尾蝦仁切成6塊。

3.將1700ml的水倒入盆子裡，再加入約1kg的韓式煎餅粉，均勻攪拌。

4.將準備好的洋蔥、紅蘿蔔、韭菜或蔥、魷魚、蝦仁放入麵糊中，再次均勻攪拌。

5.把油放入平底鍋中，大火加熱後轉小火，再將拌好麵糊適量放入平底鍋中油煎，煎成餅狀。

6.待麵糊煎至周圍呈現金黃色後翻面，再將另一面繼續煎至金黃色，海鮮煎餅就完成囉！

文法總整理

● 文法 1-1 V-(으)ㄹ까요？

單字	-(으)ㄹ까요？	單字	-(으)ㄹ까요？
치다	칠까요？	가르치다	가르칠까요？
타다	탈까요？	산책하다	산책할까요？
쉬다	쉴까요？	조깅하다	조깅할까요？
마시다	마실까요？	먹다	먹을까요？
배우다	배울까요？	앉다	앉을까요？

● 文法 1-2 'ㄷ' 불규칙

單字	- 습니다	- 아요 / 어요	- 았어요 / 었어요	-(으)세요	-(으)ㄹ까요？
걷다	걷습니다	걸어요	걸었어요	걸으세요	걸을까요？
듣다	듣습니다	들어요	들었어요	들으세요	들을까요？
묻다	묻습니다	물어요	물었어요	물으세요	물을까요？
* 받다	받습니다	받아요	받았어요	받으세요	받을까요？
* 닫다	닫습니다	닫아요	닫았어요	닫으세요	닫을까요？

文法 2-1 A / V- 아서 / 어서 / 해서 , N(이) 라서

單字	- 아서 / 어서	單字	- 아서 / 어서
있다	있어서	보다	봐서
없다	없어서	받다	받아서
맵다	매워서	먹다	먹어서
걷다	걸어서	운동하다	운동해서

· 숙제가 많아서 친구 집에 갈 수 없어요.

· 비가 많이 와서 산에 갈 수 없어요.

· 옷이 너무 비싸서 살 수 없어요.

· 오늘은 추석이라서 송편을 먹어야 돼요.

文法 2-2 V-(으) ㄹ 수 (가) 있다 / 없다

單字	-(으) ㄹ 수 있다	單字	-(으) ㄹ 수 있다
치다	칠 수 있다	타다	탈 수 있다
가다	갈 수 있다	먹다	먹을 수 있다
듣다	들을 수 있다	운동하다	운동할 수 있다

· 언니는 피아노를 칠 수 있어요.

· 저는 스케이트를 조금 탈 수 있어요.

· 한국어가 어려워서 한국 신문을 읽을 수 없어요.

情境與對話 1

湯瑪士：智恩，我們要不要吃午餐？

智　恩：啊，已經是午餐時間了呢！
　　　　我們要吃什麼呢？

湯瑪士：嗯……烏龍麵怎麼樣？

智　恩：從學校裡到日式餐廳有點遠。
　　　　我們去學校前面的小吃店。
　　　　在那裡吃辣炒年糕和紫菜飯捲。

湯瑪士：是，好的。
　　　　今天先吃小吃，下次再吃日式料理。

情境與對話 2

湯瑪士：智恩會說中文嗎？

智　恩：不。我不會說中文。
　　　　那湯瑪士呢？

湯瑪士：我也不會。所以下學期我要學中文。
　　　　智恩也一起學。

智　恩：我下學期要開始上料理學院。

湯瑪士：你要學什麼料理呢？

智　恩：因為我很喜歡韓國食物，所以要學韓式料理。

제 10 과
가족이 몇 명이에요 ?

第 10 課 你們家有幾個人？

學習目標

1. 존댓말을 사용하여 가족 소개하기 : 존댓말 어휘 , 존댓말 조사

用敬語介紹家庭：敬語詞彙、敬語助詞

2. 권유와 금지 표현 : 증상 어휘 소개

表達勸誘和禁止：症狀相關詞彙介紹

가족이 몇 명이에요?

하세요

하지 마세요

情境與對話 1

🗨 **토마스** : 지은 씨의 가족은 몇 명이에요?

🗨 **지 은** : 우리 가족은 5 명이에요.
　　　　 부모님이 계시고 오빠 한 명, 언니 한 명
　　　　 있어요.

🗨 **토마스** : 부모님은 무슨 일을 하세요?

🗨 **지 은** : 아버지는 경찰이시고 어머니는
　　　　 선생님이세요.
　　　　 그리고 오빠는 공무원이고 언니는
　　　　 은행원이에요.

🗨 **토마스** : 가족들이 모두 같이 살아요?

🗨 **지 은** : 네, 모두 같이 살아요.
　　　　 우리 가족은 매일 저녁 같이 식사를 해요.
　　　　 그리고 이야기를 해요.

發音 規則	「몇 명」唸作 [면 명]，因為「ㅊ」發音為 [ㄷ]，而當「ㄷ」遇見「ㅁ」時，由於發音規則是「鼻音化」，所以「ㄷ」會唸[ㄴ]。

[新詞彙]

경찰 警察
공무원 公務員
은행원 銀行行員
살다 住
식사를 하다 用餐

詞彙 1

◎ 가족 어휘 家庭詞彙

할아버지	할머니	외할아버지	외할머니
爺爺	奶奶	外公	外婆
부모님	아버지	어머니	나 / 저
父母親	父親	母親	我
남편	아내	딸	아들
丈夫	妻子	女兒	兒子

누나 姊姊 （男生稱呼女生）	형 哥 （男生稱呼男生）	언니 姊姊 （女生稱呼女生）	오빠 哥哥 （女生稱呼男生）
여동생 妹妹	남동생 弟弟	가족 家族、家人	가족사진 全家福照

● 존댓말 어휘 敬語詞彙

계시다 在	드시다 吃／喝	잡수시다 吃
주무시다 睡覺	드리다 給	편찮으시다 不舒服、生病
말씀하시다 說話	돌아가시다 過世	댁 府上
성함 大名	연세 歲數	생신 大壽
말씀 話	분 位	사장님 老闆

○ 나이 年紀

열 (十)	스물 (二十)	서른 (三十)	마흔 (四十)	쉰 (五十)
열 살 十歲	스무 살 二十歲	서른 살 三十歲	마흔 살 四十歲	쉰 살 五十歲
예순 (六十)	일흔 (七十)	여든 (八十)	아흔 (九十)	백 (一百)
예순 살 六十歲	일흔 살 七十歲	여든 살 八十歲	아흔 살 九十歲	백 살 一百歲

文法 1-1

◉ A / V -(으)시 - , N(이)세요 表達尊重

接續在形容詞或動詞語幹後,對長輩或是需要尊敬的人表達尊重時使用。現在式是「-(으)세요」,過去式是「-(으)셨어요」,未來式是「-(으)실 거예요」。

		終聲 ×	終聲 ○
形容詞	現在	예쁘다＋세요 → 예쁘세요	멋있다＋으세요 → 멋있으세요
	過去	예쁘다＋시＋었어요 → 예쁘셨어요	멋있다＋으시＋었어요 → 멋있으셨어요
	推測	예쁘다＋시＋ㄹ 거예요 → 예쁘실 거예요	멋있다＋으시＋ㄹ 거예요 → 멋있으실 거예요
動詞	現在	오다＋세요 → 오세요	읽다＋으세요 → 읽으세요
	過去	오다＋시＋었어요 → 오셨어요	읽다＋으시＋었어요 → 읽으셨어요
	推測	오다＋시＋ㄹ 거예요 → 오실 거예요	읽다＋으시＋ㄹ 거예요 → 읽으실 거예요

· **이분은 제 한국어 선생님이세요.**　　　　這位是我的韓文老師。

· **어머니는 한국 드라마를 좋아하세요.**　　媽媽喜歡韓劇。

· **아버지는 회사에 다니세요.**　　　　　爸爸在公司上班。

· **선생님은 오늘 기분이 좋으세요.**　　　老師今天心情好。。

· **할머니께서 책을 읽으세요.**　　　　　　　　奶奶在讀書。

· **우리 할아버지께서는 전에 아주 멋있으셨어요.**　我爺爺以前非常帥氣。

· **어버이날에 부모님께 용돈을 드렸어요.**　　　父母節時給了父母零用錢。

◎ 존댓말 어휘 敬語詞彙

　　此為敬語語彙，有部分形容詞和動詞需要結合文法「-(으)시」來表達尊敬語氣，也有部分形容詞和動詞本身已經包含尊敬語氣，因此這些詞彙不需要結合文法「-(으)시」使用。

있다 → 계시다 在 먹다 → 드시다 / 잡수시다 吃 마시다 → 드시다 喝 자다 → 주무시다 睡覺	주다 → 드리다 給 아프다 → 편찮으시다 不舒服、生病 말하다 → 말씀하시다 說話 죽다 → 돌아가시다 過世

집 → 댁 府上 이름 → 성함 大名 나이 → 연세 歲數 생일 → 생신 大壽	말 → 말씀 言詞 (한) 명 / 사람 → (한) 분 （一）位 누구 → 어느 분 哪位 누가 → 어느 분이 哪位

· **내일이 할아버지 생신이세요.**
　明天是爺爺生日。

[新詞彙]
아프다 不舒服，生病
말하다 說話
죽다 死亡

· **할머니께서 방에서 주무세요.**
　奶奶在房裡睡覺。

· **교실에 선생님 세 분이 계세요.**　　　　教室裡有三位老師。

· **이 책을 김 선생님께 드리세요.**　　　　請把這本書交給金老師。

· **가 : 실례지만 성함이 어떻게 되세요?**　　不好意思，請問您尊姓大名？
　나 : 이지은입니다.　　　　　　　　　我叫李智恩。

小祕訣

1.「N＋님」：添加於表示職位或身分的名詞後，以表示尊敬。例如：「선생님」
（老師）、「부모님」（父母）、「사장님」（老闆）。

2.當要恭敬地詢問名字、年紀、職業時，可以這樣說：

· 성함이 어떻게 되세요?　　　請問您叫什麼名字？

· 연세가 어떻게 되세요?　　　請問您年紀多大？

· 무슨 일을 하세요?　　　　　請問您是做什麼的？

○ 1. 請參照範例，將下列表格中的單字結合敬語語尾。

單字	-(으)세요	-(으)셨어요	-(으)실 거예요
많다	많으세요		
작다		작으셨어요	
친절하다			친절하실 거예요
좋다			
재미있다			
가다			
읽다			
쉬다			
가르치다			
오다			
좋아하다			
배우다			
입다			
있다			
먹다			
자다			
말하다			

[新詞彙]

친절하다 親切的

2. 請參照範例，先選出正確的選項，再完成句子。

-(이)세요	-(이)셨어요	-예요 / 이에요

[보기] 이분은 우리 선생님이세요.

(1) 우리 오빠는 대학생_____.

(2) 아버지는 전에 기자_____.

(3) 할아버지는 일흔세 살_____.

(4) 제 친구 이름은 김수미_____.

(5) 우리 할머니는 전에 선생님_____.지금은 가정주부_____.

(6) 가 : 선생님, 가족이 몇 명_____?

　　나 : 우리 가족은 네 명_____

3. 請參照範例，使用「-(으) 시 -」完成句子。

[보기] 동생은 불고기를 먹어요.

→ (아버지)아버지는 불고기를 드세요.

(1) 나는 커피를 마셔요.

　　→ (어머니)_____.

(2) 오빠가 말해요.

→ (교수님)_____.

(3) 친구는 지금 집에 있어요.

→ (선생님)_____.

(4) 아기가 자요.

→ (할머니)_____.

(5) 제 친구는 운동을 좋아해요.

→ (사장님)_____.

(6) 친구가 많이 아파요.

→ (할아버지)_____.

(7) 저는 어제 비빔밥을 먹었어요.

→ (아버지)_____.

[**新詞彙**]

교수님 教授
아기 寶寶

● 4. 請參照範例，看圖完成句子。

[보기]

가 : 어머니는 지금 뭐 <u>하세요?</u>

나 : 집에서 드라마를 <u>보세요.</u>

   (1)

가 : 선생님은 지금 뭐 _____?

나 : _____ 에서 책을 _____.

   (2)

가 : 할아버지는 어제 뭐 _____?

나 : 할머니하고 산에 _____.

(3)

가 : 어머니는 무슨 일을 _____ ?

나 : 고등학교에서 한국어를 _____ .

(4)

가 : 아버지는 지난 방학에 뭐_____ ?

나 : 대만 여행을 _____ .

情境與對話 2

💬 **지　은** : 토마스 씨, 어디가 아파요?

💬 **토마스** : 네, 열이 나고 목도 아파요.

💬 **지　은** : 감기네요. 언제부터 아팠어요?

💬 **토마스** : 오늘 아침부터 아팠어요.
이따 오후에 병원에 가야겠어요.

💬 **지　은** : 그래요. 우선 따뜻한 물을 많이 마셔요.
그리고 차가운 물은 마시지 마세요.

💬 **토마스** : 네, 알겠어요. 고마워요.

🍴 **補充文法** ─────

「V-아야겠다 / 어야겠다」表示說話者的意志，中譯為
「（我）要⋯⋯」。

[新詞彙]

우선 首先
따뜻한 물 溫水
차가운 물 冷水

詞彙 2

● **신체 어휘 身體詞彙**

머리
頭

얼굴
臉

눈
眼睛

코
鼻子

입
嘴巴

귀
耳朵

목
脖子

어깨
肩膀

가슴
胸部

배
肚子

손
手

팔
手臂

다리
腳

무릎
膝蓋

발
腳

몸
身體

허리 腰	**손가락** 手指	**발가락** 腳趾	**이** 牙齒

○ 증상 어휘 症狀詞彙

몸이 아프다 身體不舒服	**목이 아프다** 喉嚨痛	**열이 나다 [있다]** 發燒
콧물이 나다 流鼻水	**기침을 하다** 咳嗽	**배탈이 나다** 拉肚子
소화가 안 되다 消化不良	**어지럽다** 頭暈	**충치가 생기다** 蛀牙

文法 2-1

⊙ '으' 불규칙 「으」不規則

當形容詞或動詞語幹的最後一個字為母音「ㅡ」，且其後面接續「-아 / 어-」時，「ㅡ」便會脫落。

單字	- 아요 / 어요	- 았어요 / 었어요	- 아서 / 어서	- 습니다 / ㅂ니다
아프다 痛的、不舒服的	아파요	아팠어요	아파서	아픕니다
바쁘다 忙的	바빠요	바빴어요	바빠서	바쁩니다
나쁘다 壞的	나빠요	나빴어요	나빠서	나쁩니다
예쁘다 漂亮的	예뻐요	예뻤어요	예뻐서	예쁩니다
기쁘다 高興的	기뻐요	기뻤어요	기뻐서	기쁩니다
슬프다 悲傷的	슬퍼요	슬펐어요	슬퍼서	슬픕니다
고프다 餓的	고파요	고팠어요	고파서	고픕니다
크다 大的	커요	컸어요	커서	큽니다
쓰다 寫；苦	써요	썼어요	써서	씁니다
끄다 關	꺼요	껐어요	꺼서	끕니다

· **제 언니는 키도 크고 아주 예뻐요.**　　　我的姊姊不但很高還非常漂亮。

· **그 드라마가 슬퍼서 많이 울었어요.**　　　因為那部連續劇很悲傷，所以我哭得很傷心。

· **어제는 회사 일이 너무 많아서 바빴어요.**　昨天因為公司工作很多，所以很忙。

· 어제 저녁에 열이 나고 아팠어요.　　　　　昨晚傍晚發燒，而且很不舒服。

· 시험에 합격해서 기뻤어요.　　　　　　　因為考試合格，所以很高興。

[新詞彙]

울다 哭
시험에 합격하다 考試合格

文法 2-2

● V- 지 마세요 請不要⋯⋯、請勿⋯⋯

此句型用來命令或勸誘對方不要做某種行為。而「V-(으)세요」則用於肯定，是表示命令、請求或勸告的尊敬語尾。（請參見第1冊第5課）

V-(으) 세요		V- 지 마세요	
終聲 ✕	終聲 ○	終聲 ✕	終聲 ○
가다＋세요 → 가세요	앉다＋으세요 → 앉으세요	가다＋지 마세요 → 가지 마세요	앉다＋지 마세요 → 앉지 마세요

· （肯定）버스를 타세요.　　　　請搭公車。
　（否定）버스를 타지 마세요.　　請不要搭公車。

[新詞彙]

주차하다 停車
쓰레기 垃圾
버리다 丟棄

· （肯定）커피를 드세요.　　　　　請喝咖啡。
　（否定）커피를 드시지 마세요.　　請不要喝咖啡。

· （肯定）저기에 주차하세요.　　　　請在那裡停車。
　（否定）저기에 주차하지 마세요.　　請不要在那裡停車。

· （肯定）여기에 쓰레기를 버리세요.　　　請在這裡丟垃圾。
　（否定）여기에 쓰레기를 버리지 마세요.　請不要在這裡丟垃圾。

小祕訣

「-(으)세요」格式體為「-(으)십시오」。
「-지 마세요」格式體為「-지 마십시오」。

· （肯定）여기에 앉으십시오.　　　請坐在這裡。
　（否定）여기에 앉지 마십시오.　　請不要坐在這裡。

◯ 1. 請參照範例，將表格中的形容詞運用「으不規則」寫寫看。

單字	- 아요 / 어요	- 았어요 / 었어요	- 아서 / 어서	- 습니다 / ㅂ니다
아프다	**아파요**			
바쁘다		**바빴어요**		
나쁘다			**나빠서**	
예쁘다				**예쁩니다**
기쁘다				
슬프다				
고프다				
크다				
쓰다				
끄다				

◯ 2. 請參照範例，看圖片依照提示完成句子。

[보기]   (1)

머리 / 아프다   배 / 고프다

→ 머리가 아파요.   → _____ .

(2)

영화 / 슬프다

→ _____

(3)

여동생 / 예쁘다

→ _____

(4)

날씨 / 나쁘다

→ _____

(5)

키 / 크다

→ _____

(6)

일 / 바쁘다

→ _____

(7)

약 / 쓰다

→ _____

○ 3. 請參照範例，依照提示完成句子。

[보기]

가 : 괜찮아요?

나 : 머리가 <u>아파요</u>. (아프다, -아 / 어 / 해요)

(1) 가 : 이번 주말에 뭐 해요? 영화 볼까요?

　　나 : 미안해요. 이번 주말은 _____. (바쁘다, -아 / 어 / 해요)

(2) 가 : 언니는 키가 _____? (크다, -아 / 어 / 해요)

　　나 : 네, 언니는 키가 _____ (크다, -고) _____. (예쁘다, -아 / 어 / 해요)

(3) 가 : 오늘도 날씨가 _____? (나쁘다, -아 / 어/해요)

　　나 : 어제는 날씨가 _____ (나쁘다, -지만) 오늘은 좋아요.

(4) 가 : 어제 뭐 했어요?

　　나 : 친구에게 이메일을 _____. (쓰다, -았 / 었 / 했어요) .

4. 請參照範例，將表格中的動詞結合敬語語尾填入以下空格。

單字	-(으) 세요	- 지 마세요	-(으) 십시오	- 지 마십시오
가다		**가지 마세요**		**가지 마십시오**
쓰다				
사다	**사세요**			
보다				
읽다			**읽으십시오**	
앉다				

◯ 5. 請參照範例，看圖並依照提示完成句子。

[보기]

감기에 걸렸어요.

<u>손을 자주 씻으세요.</u> （손을 자주 씻다）

(1)

감기에 걸렸어요.

_____ .

（약을 먹다）

(2)

감기에 걸렸어요.

_____ .

（따뜻한 물을 마시다）

(3)

감기에 걸렸어요.

_____ .

（집에서 푹 쉬다）

(4)

감기에 걸렸어요.

_____ .

（병원에 가다）

6. 請參照範例，看圖並依照提示完成句子。

[보기]

감기에 걸렸어요.
<u>담배를 피우지 마세요.</u> (담배를 피우다)

[新詞彙]

담배를 피우다 抽菸

(1)

감기에 걸렸어요.

_____ .

(술을 마시다)

(2)

감기에 걸렸어요.

_____ .

(말을 많이 하다)

(3)

감기에 걸렸어요.

_____ .

(아이스크림을 먹다)

(4)

감기에 걸렸어요.

_____ .

(늦게 자다)

○ 1. 聽力與會話 ▶ MP3-36

請根據聽到的內容，選出正確的答案。

(1) 환자의 감기 증상이 아닌 것을 고르세요.

[新詞彙]

환자 患者
그저께 前天

①

②

③

④

(2) 맞는 것을 고르세요.

① 환자는 열은 없고 기침을 많이 해요.

② 환자는 감기에 걸리지 않아서 약을 안 먹을 거예요.

③ 환자는 약을 먹고 집에서 푹 쉴 거예요.

④ 환자는 차가운 물을 마실 거예요.

● 2. 情境會話練習

여러분 가족의 취미를 이야기해 보세요.

	아버지	어머니		
취미가 뭐예요?				
무엇을 자주 해요?				
어디에서 해요?				

● 3. 閱讀與寫作

우리 가족은 모두 다섯 명이에요.

부모님이 계시고 언니와 남동생이 있어요.

아버지는 52살이시고 어머니는 48살이세요. 아버지는 의사세요.

어머니는 선생님이시고 학교에서 한국어를 가르치세요.

언니는 간호사고 병원에서 일해요.

남동생은 고등학교 2학년 학생이에요.

우리 가족은 여행을 좋아해요. 우리는 항상 같이 여행을 해요.

韓翻中練習

1

2

3

4

5

6

7

請參照上方內容，介紹「我的家庭」。

1

2

3

4

5

6

7

◎ 매달 14 일 특별한 기념일 每月 14 日都是特別的紀念日

　　韓國情侶特別喜歡向另一半表達自己的愛意，相信大家一定看過韓劇中韓國情侶度過各式各樣的情人節吧？除了每年2月14日的西洋情人節（밸런타인데이）以及3月14日的白色情人節（화이트데이）外，每個月的14日都是韓國情侶會一起度過的特別的日子。在這一天，情侶們會互相交換禮物慶祝，並確認對彼此的愛意。

1월 14일：다이어리데이（Diary Day）
1月14日：日記情人節（送喜歡的人日記本的日子）

2월 14일：밸런타인데이（Valentine's Day）
2月14日：西洋情人節（女方送男方巧克力的日子）

3월 14일：화이트데이（White Day）
3月14日：白色情人節（男方回送女方巧克力的日子）

4월 14일：블랙데이（Black Day）
4月14日：黑色情人節（單身的人一起吃炸醬麵的日子）

5월 14일：로즈데이（Rose Day）
5月14日：玫瑰情人節（用玫瑰花向對方表白心意的日子）

6월 14일 : 키스데이（Kiss Day）

6月14日：親吻情人節（親吻心愛的人來表達心意的日子）

7월 14일 : 실버데이（Silver Day）

7月14日：銀色情人節（送對方銀色情侶戒的日子）

8월 14일 : 그린데이（Green Day）

8月14日：綠色情人節（和心愛的人一起到戶外踏青的日子）

9월 14일 : 포토데이（Photo Day）

9月14日：照片情人節（和愛人一起拍紀念照的日子）

10월 14일 : 와인데이（Wine Day）

10月14日：紅酒情人節（和心愛的人一起喝紅酒慶祝的日子）

11월 14일 : 무비데이（Movie Day）, 쿠키데이（Cookie Day）

11月14日：電影情人節（和情人一起看電影的日子）/餅乾情人節（互送餅乾給對方的日子）

12월 14일 : 허그데이（Hug Day）

12月14日：抱抱情人節（用擁抱表達心意的日子）

文法總整理

● 文法 1-1 A/V-(으) 시 -

單字	-(으) 세요 （現在）	-(으) 셨어요 （過去）	-(으) 실 거예요 （未來）
가다	가세요	가셨어요	가실 거예요
읽다	읽으세요	읽으셨어요	읽으실 거예요
좋다	좋으세요	좋으셨어요	좋으실 거예요
쉬다	쉬세요	쉬셨어요	쉬실 거예요
재미있다	재미있으세요	재미있으셨어요	재미있으실 거예요
공부하다	공부하세요	공부하셨어요	공부하셨을 거예요

● 文法 1-2 존댓말 어휘

있다 → 계시다	주다 → 드리다
먹다 →드시다 / 잡수시다	아프다 → 편찮으시다
마시다 →드시다	말하다 → 말씀하시다
자다 → 주무시다	죽다 → 돌아가시다

집 → 댁	말 → 말씀
이름 → 성함	(한) 명 / 사람 → (한) 분
나이 → 연세	누구 → 어느 분
생일 → 생신	누가 →어느 분이

◉ 文法 2-1 '으' 불규칙

單字	- 아요 / 어요	- 았어요 / 었어요	- 아서 / 어서	- 습니다 / ㅂ니다
아프다	아파요	아팠어요	아파서	아픕니다
바쁘다	바빠요	바빴어요	바빠서	바쁩니다
나쁘다	나빠요	나빴어요	나빠서	나쁩니다
쓰다	써요	썼어요	써서	씁니다
끄다	꺼요	껐어요	꺼서	끕니다

◉ 文法 2-2 V- 지 마세요

（肯定）저기에서 기다세요.

（否定）저기에서 기다리지 마세요.

（肯定）이 책을 읽으세요.

（否定）이 책을 읽지 마세요.

情境與對話 1

湯瑪士：智恩家裡有幾個人呢？

智　恩：我們家有5個人。

　　　　有父母親、一個哥哥，還有一個姊姊。

湯瑪士：請問您父母親在哪裡高就呢？

智　恩：我父親是警察，母親是老師。

　　　　還有我哥哥是公務員，姊姊是銀行行員。

湯瑪士：家人們都住在一起嗎？

智　恩：是的，大家都住一起。

　　　　我們家人每天晚上會一起用餐。

　　　　還有聊天。

情境與對話 2

智　恩：湯瑪士，哪裡不舒服呢？

湯瑪士：是的，我發燒而且喉嚨痛。

智　恩：是感冒耶！什麼時候開始不舒服的呢？

湯瑪士：今天早上開始不舒服的。

　　　　等一下下午要去醫院。

智　恩：是這樣啊。先多喝溫水。

　　　　還有請別喝冷水。

湯瑪士：是，我知道了。謝謝。

제 11 과
여기에서 혜화동까지 얼마나 걸려요 ?

第11課 從這裡到惠化洞要花多久時間呢？

학교에 뭘 타고 와요?

잠실로 가 주세요.

情境與對話 1

● **지　은** : 토마스 씨는 학교에 뭘 타고 와요?

● **토마스** : 버스를 타고 와요.

● **지　은** : 아, 그래요. 집에서 학교까지 지하철로
　　　　　 얼마나 걸려요?

● **토마스** : 버스로 25분쯤 걸려요. 지은 씨는요?

● **지　은** : 우리집은 학교 근처에 있어요. 그래서 걸어
　　　　　 와요. 걸어서 한 10분쯤 걸려요.

[新詞彙]

한 大概

詞彙 1

○ 교통수단 交通方式

버스
公車
_____

지하철
地鐵
_____

택시
計程車
_____

자동차
汽車
_____

기차
火車
_____

고속버스
公路客運
_____

비행기
飛機
_____

배
船
_____

고속철도
高速鐵路
_____

공항버스
機場客運

오토바이
機車

자전거
自行車

⬤ 이동 관련 표현 關於移動的表達方法

~을 / 를 타다
乘坐……

~에서 내리다
在……下車

~(으)로 갈아타다
轉乘……

~을 / 를 타고 가다 / 오다
坐……去／來

~에서 출발하다
從……出發

~에 도착하다
到達……

文法 1-1

◉ N 에서 N 까지 從⋯⋯到⋯⋯

接續在地點名詞後，表示「從⋯⋯到⋯⋯」。其中「에서」中譯為「從⋯⋯」，而「까지」中譯為「到⋯⋯」。「에서」前方的地點名詞表示出發點，「까지」前方的地點名詞表示終點。通常會與「얼마나 걸려요?」（要花多少時間？）一起使用，用來詢問從某地到某地花費的時間。

· 가 : 서울에서 제주도까지 얼마나 걸려요?

　　從首爾到濟州島要花多少時間？

　나 : 서울에서 제주도까지 40분쯤 걸려요.

　　從首爾到濟州島要40分鐘左右。

· 가 : 한국에서 대만까지 얼마나 걸려요?

　　從韓國到台灣要花多少時間？

　나 : 한국에서 대만까지 2시간 30분 정도 걸려요.

　　從韓國到台灣大約需要2小時30分鐘。

· 가 : 학교에서 집까지 멀어요?

　　學校離家裡遠嗎？

　나 : 아니요. 가까워요. 걸어서 10분쯤 걸려요.

　　不會。很近。走路大約花10分鐘。

· 가 : 여기에서 시청역까지 어떻게 가요?

　　要怎麼從這裡到市廳站？

　나 : 지하철을 타고 가세요.

　　請搭地鐵去。

[新詞彙]

제주도 濟州島

小祕訣

1. 「N에서」、「N까지」皆可單獨使用。

· 가：어느 나라에서 왔어요?　　你從哪個國家來？

　나：저는 한국에서 왔어요.　　我從韓國來的。

· 저는 학교까지 걸었어요. 我走到學校了。

2. 「N부터 N까지」（請參考第8課）：表示時間的開始與結束

· 오전 9시부터 12시까지 한국어를 배워요. 我從上午9點到12點學習韓文。

發音規則

留意車站站名的發音！

1. 當站名以收尾音「ㄹ」結尾時，「역」就會唸作「력」，此為「流音化」規則的應用。

　例如：서울역 [서울력]（首爾站）、잠실역 [잠실력]（蠶室站）。

2. 當站名以「ㄹ」以外的收尾音結尾時，「역」就會唸作「녁」，此為「流音化」規則的應用。

　例如：시청역 [시청녁]（市政府站）、동대문역 [동대문녁]（東大門站）、신촌역 [신촌녁]（新村站）。

文法 1-2

◉ N(으)로 搭……、往……

1. N(으)로（搭……）：使用的交通工具種類

· 가 : 서울에서 제주도까지 비행기로 얼마나 걸려요?

　　搭飛機從首爾到濟州島要花多少時間？

　나 : 서울에서 제주도까지 40분쯤 걸려요.

　　從首爾到濟州島要花大概40分鐘。

· 가 : 집에서 학교까지 얼마나 걸려요?

　　從家裡到學校要花多少時間？

　나 : 자전거로 15분 걸려요.

　　騎腳踏車要花15分鐘。

· 저는 걸어서 학교에 오지만 친구는 버스로 학교에 와요.

　雖然我都走路來學校，但朋友都搭公車來學校。

· 이번 여행은 기차로 갈 거예요.

　這次旅行會搭火車去。

2. N(으)로（往……）：接續在表示場所或方向的名詞後面，表示移動的
方向

· 가 : 편의점이 어디에 있어요?　　　　　便利商店在哪裡？
　나 : 이쪽으로 쭉 가세요.　　　　　　　請往這個方向直走。

· 가 : 남대문 시장에 어떻게 가요?　　　　要怎麼去南大門市場？
　나 : 1번 출구로 나가세요.　　　　　　　請從1號出口出去。

· 이번 방학에 제주도로 여행을 갈 거예요.　這次放假要去濟州島旅行。

· 이 버스는 서울역으로 갑니다.　　　　　這輛公車是開往首爾站的。

> **[新詞彙]**
>
> **이쪽** 這邊
> **쭉 가세요** 請直走
> **1 번출구** 1 號出口
> **남대문 시장** 南大門市場

小祕訣

「N(으)로」（往……）：通常接在移動動詞前面使用。
移動動詞：가다（去）、오다（來）、들어가다（進去）、들어오다（進來）、
　　　　　돌아가다（回去）、돌아오다（回來）等。

1. 請參照範例，看圖回答問題。

[보기]

가 : 부산에 뭐 타고 가요?

나 : 고속철도를 타고 가요.

(1)

가 : 학교에 뭐 타고 가요?

나 : _____ .

(2)

가 : 학교에 뭐 타고 가요?

나 : _____ .

(3)

가 : 제주도에 뭐 타고 가요?

나 : _____ .

(4)

가 : 공항에 뭐 타고 가요?

나 : _____ .

2. 請參照範例，看圖回答問題。

[보기]

(1시간)

가 : 종로에서 인천 공항까지 얼마나 걸려요?

나 : <u>공항버스로 1시간 정도 걸려요.</u>

(1)

(2시간 15분)

가 : 서울에서 부산까지 얼마나 걸려요?

나 : _____.

(2)

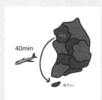
(40분)

가 : 서울에서 제주도까지 얼마나 걸려요?

나 : _____.

(3)

(35분)

가 : 집에서 학교까지 얼마나 걸려요?

나 : _____

(4)

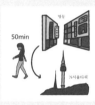

(50분)

가 : 명동에서 N서울타워까지 얼마나 걸려요?

나 : _____

(5)

(20분)

가 : 집에서 도서관까지 얼마나 걸려요?

나 : _____

3. 請參照範例，看圖回答問題。

[보기]

가 : 공항에 어떻게 가요?

나 : 먼저 **333번 버스를 타세요.**

　　그리고 종로 2가에서 600번 공항버스로 갈아타세요.

(1)
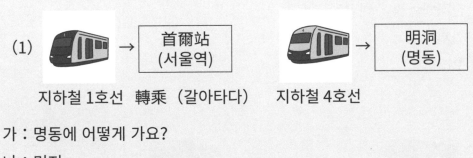

가 : 명동에 어떻게 가요?

나 : 먼저 ＿＿＿＿＿＿＿＿＿＿＿＿＿＿＿＿＿＿＿＿＿.

　　그리고 ＿＿＿＿＿＿＿＿＿＿＿＿＿＿＿＿＿＿＿.

[新詞彙]

~ 호선 ……號線

(2)

安國站
(안국역)

→

韓國大學
(한국대교)

지하철 3호선   轉乘 (갈아타다)   102번 버스

가 : 한국 대학교에 어떻게 가요?

나 : 먼저 _____ .

그리고 _____ .

(3)

新村
(신촌)

→

天地百貨公司
(천지백화점)

215번 버스   轉乘 (갈아타다)   지하철 2호선

가 : 천지백화점에 어떻게 가요?

나 : 먼저 _____ .

그리고 _____ .

(4)

市廳
(시청)

→

南大門市場
(남대문 시장)

1023번 버스   轉乘 (갈아타다)   437번 버스

가 : 남대문 시장에 어떻게 가요?

나 : 먼저 _____ .

그리고 _____ .

○ 4. 請參照範例，看圖回答問題。

[보기]

(서울-부산)

가 : 이 고속버스는 어디로 가요?

나 : <u>서울에서 출발해서 부산으로 가요.</u>

(1)

(인천-미국)

가 : 이 비행기는 어디로 가요?

나 : _____.

(2)

(청량리-춘천)

가 : 이 기차는 어디로 가요?

나 : _____

(3)

(대만-한국)

가 : 이 배는 어디로 가요?

나 : _____.

(4)

(서울-대전)

가 : 이 고속철도는 어디로 가요?

나 : _____.

情境與對話 2

💬 **기 사** : 어디로 가세요?

💬 **사장님** : 잠실로 가 주세요.

💬 **기 사** : 네, 알겠습니다.

💬 **사장님** : 여기에서 잠실까지 얼마나 걸려요?

💬 **기 사** : 40분쯤 걸려요.

......

💬 **기 사** : 어디에서 세워 드릴까요?

💬 **사장님** : 잠실역 3번 출구 앞에서 세워 주세요.

💬 **기 사** : 네, 알겠습니다.

💬 **사장님** : 얼마예요?

💬 **기 사** : 5,300원입니다.

💬 **사장님** : 여기 있습니다. 고맙습니다.

[新詞彙]

세우다 停車
3 번 출구 3 號出口

詞彙 2

● 교통수단 이용 장소　乘坐交通工具的場所

버스터미널
巴士客運站

고속터미널
公路客運站

기차역
火車站

버스정류장
公車站

택시정류장
計程車站

고속철도역
高速鐵路站

發音 規則	當單字收尾音以「ㅇ」結尾時，前一個字「류」就會唸作 [뉴]。此為「鼻音化」規則的應用。例如：버스정류장 [버스정뉴장]（公車站）、택시정류장 [택시정뉴장]（計程車站）。

文法 2-1

◎ 'ㄹ' 불규칙　「ㄹ」不規則

　　此文法為「ㄹ」不規則。當前方單字是動詞或形容詞，而該動詞或形容詞的原形的語幹終聲「ㄹ」與後面以「ㄴ、ㅂ、ㅅ」開頭的語尾結合時，前方單字的「ㄹ」會脫落。另外，當該動詞或形容詞的原形的語幹終聲「ㄹ」與「으」開頭的語尾結合時，前方單字的「ㄹ」會脫落。

單字	- 아요 / 어요	- 습니다 / ㅂ니다	- 네요	-(으) 세요	-(으) ㄹ까요?
만들다 做	만들어요	만듭니다	만드네요	만드세요	만들까요？
살다 住	살아요	삽니다	사네요	사세요	살까요？
알다 知道	알아요	압니다	아네요	아세요	알까요？
열다 打開	열어요	엽니다	여네요	여세요	열까요？

· 가 : 어디에 사세요?　　　　　　您住哪裡？
　나 : 서울에 삽니다.　　　　　　我住首爾。

· 가 : 저분을 아세요?　　　　　　您認識那位嗎？
　나 : 네, 압니다.　　　　　　　是的，我認識。

· 과일 가게에서 망고를 팝니다.　　水果店有賣芒果。

· 어머니께서 김밥을 만드셨습니다.　媽媽做了紫菜飯捲。

· 교실 안이 덥네요. 창문을 여세요.　教室裡真熱耶！請打開窗戶。

● V- 아 / 어 / 해 주다 給（做）……、幫（做）……

接續於動詞後，表示為某人做某件事。

1. 「(제가) V＋아 / 어 / 해 줄까요?」意思是「要不要（我）幫你……？」

· 커피 사 줄까요?　　　　　　　　　　　　要不要請你喝咖啡？

· 중국어를 가르쳐 줄까요?　　　　　　　　要不要教你中文？

· 비가 오네요. 우산을 빌려 줄까요?　　　　下雨了耶！要不要借你雨傘？

2. 「V＋아 / 어 / 해 드릴까요?」意思是「要不要為您……？」，使用於以
   更謙恭的口氣詢問尊長時。

· 어서 오세요. 무엇을 도와 드릴까요?　　　歡迎光臨。有什麼我能幫得上
　　　　　　　　　　　　　　　　　　　　您的嗎？

· 선생님, 칠판을 지워 드릴까요?　　　　　老師，要幫您擦黑板嗎？

[新詞彙]

칠판을 지우다 擦黑板

---

3. 「V＋아 / 어 / 해 주세요.」意思是「請幫我……」

· **학생증 좀 보여 주세요.**　　　　　　　請出示您的學生證。

· **오늘 덥네요. 에어컨을 좀 켜 주세요.**　　今天真熱啊！請幫忙開冷氣。

· **불고기를 어떻게 만들어요?**　　　　　要怎麼做韓式烤肉呢？
　좀 가르쳐 주세요.　　　　　　　　請教教我。

· **가격이 좀 비싸네요. 좀 깎아 주세요.**　價錢有點貴呢！請算我便宜些。

［新詞彙］

보여주다 給看
에어컨을 켜다 開冷氣
깎아 주세요 請算我便宜些

1. 請參照範例，將下表中的單字與語尾結合。

單字	- 아요 / 어요	- 습니다 / ㅂ니다	- 네요	-(으) 세요	-(으) ㄹ까요 ?
만들다 做	만들어요				
살다 住		삽니다			
알다 知道			아네요		
열다 打開				여세요	
팔다 賣					팔까요 ?
놀다 玩					
울다 哭					

2. 請參照範例，使用文法「ㄹ不規則」完成句子。

[보기] （살다）

가 : 어디에서 <u>사세요?</u> (-(으)세요)

나 : 서울에서 <u>삽니다.</u> (-습니다 / ㅂ니다)

(1) (만들다)

가 : 어머니께서 지금 무엇을

　　_____? (-(으)세요)

나 : 부엌에서 김밥을

　　_____. (-(으)세요)

(2) (놀다)

가 : 어제 누구하고 _____? (-았어요 / 었어요)

나 : 가족과 놀이 공원에서 _____. (-았어요 / 었어요)

(3) (울다)

가 : 어머니는 한국 영화를 보고 자주 _____?
　　(-(으)세요)

나 : 네, 어제도 어머니는 영화를 보고 너무 슬퍼서
　　_____. (-았어요 / 었어요)

(4) (팔다)

가 : 이 옷 예쁘네요. 어디에서 _____? (-아요 / 어요)

나 : 신촌에서 _____. (-아요 / 어요)

(5) (열다)

가 : 이번 공휴일에 그 가게가 문을 _____?
　　(-ㄹ / 을까요?)

나 : 네, _____. (-ㄹ / 을 거예요)

(6) (알다)

　　　가 : 그분을 _____? (-(으)세요)

　　　나 : 네, 잘 _____. (-아요 / 어요)

◯ 3. 請參照範例，將下表中的單字與語尾結合。

	- 아 / 어 줄까요 ?	- 아 / 어 주세요	- 어 / 어 줬어요
가르치다	가르쳐 줄까요 ?		
읽다		읽어 주세요	
닫다			닫아 줬어요
만들다			
노래하다			
돕다			
쓰다			

◯ 4. 請參照範例，利用提示完成句子。

[보기]

가 : 바람이 많이 불어요.

나 : 창문을 닫아 주세요. (닫다)

(1) 가 : 한국어를 아직 잘 못해요.

　　　나 : 제가 한국어를 _____? (가르치다)

(2) 가 : 배가 좀 고파요.

　　나 : 라면을 _____? (끓이다)

(3) 가 : 오늘 숙제가 좀 어려워요.

　　나 : 제가 _____? (돕다)

(4) 가 : 저 지금 편의점에 가요.

　　나 : 커피 좀 _____. (사다)

(5) 가 : 방 안이 좀 더워요.

　　나 : 에어컨을 _____. (켜다)

(6) 가 : 곧 영화가 시작돼요.

　　나 : 핸드폰을 _____. (끄다)

(7) 가 : 어디 아프세요?

　　나 : 어제 몸이 아팠어요.

　　　　룸메이트가 같이 병원에 _____. (가다)

(8) 가 : 마이클 씨, 사진 좀 _____. (찍다)

　　나 : 네, 알겠습니다. 찍습니다.

[新詞彙]

끓이다 煮
돕다 幫忙
룸메이트 室友

1. 聽力與會話 ▶MP3-45

請聽會話內容，回答下列問題。

(1) 피터 씨는 어디에서 지하철을 타요?

_____ .

(2) 피터 씨는 어디에서 지하철을 갈아타요?

_____ .

(3) 피터 씨는 어디에서 지하철을 내려요?

_____ .

(4) 잘 듣고 맞으면 ○, 틀리면 ×하세요.

① 지은 씨는 집에서 학교까지 버스로 10분 걸립니다.　　　（　　）

② 피터 씨는 신촌에서 학교까지 자전거로 갑니다.　　　（　　）

③ 피터 씨는 지하철 2호선과 4호선을 타고 학교에 갑니다.　（　　）

◎ 2. 情境會話練習

請看地鐵路線圖說明該如何抵達目的地。

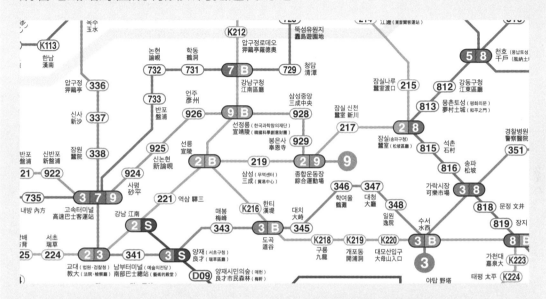

(1) 우리는 지금 강남역에 있어요. 고속터미널역까지 어떻게 가요?

(2) 우리는 지금 삼성역에 있어요. 도곡역까지 어떻게 가요?

(3) 우리는 지금 신사역에 있어요. 종합운동장까지 어떻게 가요?

(4) 우리는 지금 잠실역에 있어요. 양재역까지 어떻게 가요?

● 3. 閱讀與寫作

우리집에서 공항까지 좀 멉니다.

먼저 집 근처에 있는 버스 정류장에서 버스를 타고 동대문까지 갑니다.

거기에서 공항 버스 6001번으로 갈아탑니다.

동대문역에서 인천 공항까지 소요 시간은 50분쯤 걸립니다.

공항 버스 요금은 15,000원입니다.

버스 요금이 조금 비싸지만 버스 안이 깨끗해서 좋습니다.

[新詞彙]

멀다 遠的
소요 시간 所需時間

韓翻中練習

1	
2	
3	
4	
5	
6	

請參照上方內容，說說大家是怎麼從家裡去學校。

1

2

3

4

5

6

◉ 한국 지하철역 소개 韓國地鐵站介紹

首爾地鐵6號綠莎萍站──地下藝術庭園

首爾地鐵6號線的綠莎萍站，位在首爾龍山區，改建於2019年3月，脫胎換骨為具有自然景觀及富有人文氣息的場域！

這一站可不是普通的地鐵站，它從地下5樓（지하 5층）到地表，處處皆是美學！特別是地下4樓（지하 4층）至地下1樓（지하 1층）的「光之舞」（댄스 오브 라이트, Dance of Light），巧妙借用天井的自然光線，為繁忙的都市人澆灌生機，可說是綠莎萍站當中最遠近馳名的傑作。而從3號出口隨著陽光踏上梨泰院步行陸橋，到韓劇迷們夢寐以求的聖地「梨泰院」（이태원）尋訪，更是不容錯過的套裝行程。

文法總整理

● 文法 1-1 N 에서 N 까지

「에서」中譯為「從……」，而「까지」中譯為「到……」，

· 가 : 집에서 학교까지 얼마나 걸려요?

　나 : 집에서 학교까지 40분쯤 걸려요.

· 종로에서 남대문 시장까지 지하철을 타고 가세요.

· 고향에서 서울까지 2시간 정도 걸려요.

● 文法 1-2 N(으) 로

· 집에서 도서관까지 자전거로 15분 걸려요.

· 서울에서 부산까지 고속철도로 2시간쯤 걸려요.

· 가 : 전주에 어떻게 가요?

　나 : 기차로 가요.

· 이번 방학에 제주도로 여행 갈 거예요.

· 가 : 백화점이 어디에 있어요?

　나 : 여기에서 2번 출구로 나가세요.

· 아저씨, 신촌으로 가 주세요.

◉ 文法 2-1 'ㄹ' 불규칙

單字	- 아요 / 어요	- 습니다 / ㅂ니다	- 네요	-(으) 세요	-(으) ㄹ까요 ?
만들다	만들어요	만듭니다	만드네요	만드세요	만들까요 ?
살다	살아요	삽니다	사네요	사세요	살까요 ?
알다	알아요	압니다	아네요	아세요	알까요 ?
열다	열어요	엽니다	여네요	여세요	열까요 ?

◉ 文法 2-2 V- 아 / 어 / 해 주다

1. (제가) V＋아 / 어 / 해 줄까요?

· 가 : 한국어를 배우고 싶어요.

　나 : 제가 가르쳐 줄까요?

· 숙제를 도와 줄까요?

2. V＋아 / 어 / 해 드릴까요?

· 제가 도와 드릴까요?

· 어머니, 제가 설거지를 해 드릴까요?

3. V＋아 / 어 / 해 주세요.

· 여보세요, 지은 씨 좀 바꿔 주세요.

· 가 : 무엇을 만들어 줄까요?

　나 : 불고기를 만들어 주세요.

情境與對話 1

智　恩：湯瑪士是搭什麼來學校的呢？

湯瑪士：搭公車來的。

智　恩：啊，原來如此。從家裡到捷運站要花多少時間呢？

湯瑪士：搭公車大概要25分鐘。智恩呢？

智　恩：我的家在學校附近，所以都用走路的。

走路大概花10分鐘左右。

情境與對話 2

司　機：請問要去哪裡呢？

湯瑪士：請去蠶室。

司　機：好的，我瞭解了。

湯瑪士：請問從這裡到蠶室要花多久時間呢？

司　機：大概要花40分鐘。

……

司　機：請問要在哪裡下車呢？

湯瑪士：請停在蠶室站的3號出口前。

司　機：好的，我瞭解了。

湯瑪士：請問多少錢？

司　機：一共是5,300圜。

湯瑪士：在這裡，謝謝！

제 12 과
운동화 사러 백화점에 갈 거예요 .

第 12 課 我要去百貨公司買運動鞋。

學習目標

1. 의도 표현
表達意向

2. 희망 표현
表達期望

쇼핑하러 백화점에 가려고 해요.

여행을 하고 싶어요.

情境與對話 1

지   은 : 마이클 씨, 오늘 오후에 뭐 할 거예요?

마이클 : 친구하고 같이 운동화 사러 백화점에 갈
거예요.

지   은 : 아, 그래요? 그런데 백화점 물건은 비싸지
않아요?

마이클 : 요즘 세일 기간이라서 비싸지 않아요.
지은 씨는 뭐 할 거예요?

지   은 : 오늘 날씨가 좋아서 한강 공원에 가려고
해요. 거기서 자전거를 탈 거예요.

마이클 : 네, 즐거운 오후 보내세요.

[新詞彙]

즐겁다 快樂、愉快
즐거운 오후 보내세요 祝你有個愉快的午後時光

詞彙 1

◉ 장소 (3) 場所 (3)

학교 매점
學校販賣部

만화방
漫畫房

피시방
網咖

휴게실
休息室

헬스클럽
健身房

빨래방
洗衣房

스키장
滑雪場

노래방
KTV

찜질방
三溫暖

文法 1-1

○ V-(으)러 가다 / 오다 去（做）……、來（做）……

表示移動的目的或意圖，後面常與「가다」（去）、「오다」（來）、「다니다」（往返）等移動動詞結合。

	終聲 ✕	終聲 ○
動詞	만나다 : 만나다＋러 가다 → 만나러 가다	먹다 : 먹다＋으러 가다 → 먹으러 가다

· 가 : 약국에 왜 가요?　　　　　為什麼去藥局呢？
　나 : 감기약 사러 가요.　　　　　去買感冒藥。

[新詞彙]

감기약 感冒藥

· 가 : 어디에 가요?　　　　　　　去哪裡呢？
　나 : 음료수 사러 학교 매점에 가요.　去學校福利社買飲料。

· 오빠는 공부하러 도서관에 갔어요.　哥哥去圖書館讀書了。

· 어머니는 돈을 찾으러 은행에 가셨어요.　媽媽去銀行領錢了。

· 저는 내일 운동을 하러 헬스클럽에　我明天要去健身房運動。
　갈 거예요.

小祕訣

當「ㄹ不規則」動詞與以「으」為首的文法結合時，「으」要脫落。

놀다＋으러 가다 → 놀러 가다
· 지은 씨는 친구 집에 놀러 갔어요. 智恩去朋友家玩了。

● V-(으) 려고 하다 打算……

表示說話者有採取某行動的意圖或計畫。

	終聲 ×	終聲 ○
動詞	가다 : 가다＋려고 하다 → 가려고 하다	먹다 : 먹다＋으려고 하다 → 먹으려고 하다

· 가 : 이번 주말에 뭐 할 거예요?　　　　這個週末打算做什麼呢？
　나 : 가족들하고 같이 산에 가려고 해요.　打算跟家人們一起去山上。

· 가 : 지금 뭐 해요?　　　　　　　　　　現在打算做什麼呢？
　나 : 저녁 식사를 하려고 해요.　　　　　正打算吃晚餐。

· 방학 동안 집에서 책을 읽으려고 해요.　放假期間打算在家唸書。

· 오늘부터 다이어트를 하려고 해요.　　　打算從今天開始減肥。

· 이번 겨울에는 스키장에서 스키를　　　這次冬天打算去滑雪場學滑雪。
　배우려고 해요.

[新詞彙]
방학 동안　（學校）放假期間
다이어트를 하다　減肥

小祕訣

1.過去式：當說話者的意圖或計畫沒有被實現時，用「V-(으)려고 했지만~」表現。

· 어제 놀이공원에 놀러 가려고 했지만 비가 와서 못 갔어요.

　昨天本來打算去遊樂園玩，但因為下雨沒去成。

· 지난 주말에 영화를 보려고 했지만 시간이 없어서 못 봤어요.

　上個週末本來打算去看電影，但因為沒時間所以沒看成。

2.當「ㄹ不規則」與以「ㄹ」為首的語尾結合時，「으」要脫落。

걸다＋으려고 하다 → 걸려고 하다

· 오늘 저녁에 친구에게 전화를 걸려고 합니다.

　今天晚上打算打電話給朋友。

만들다＋으려고 하다 → 만들려고 하다

· 어제 김밥을 만들려고 했는데 바빠서 못 만들었어요.

　昨天本來要做紫菜飯捲，但因為太忙所以沒有做成。

3.生活會話中，「하다」可以省略（現在式）。

· 일요일에 집에서 쉬려고 해요. 週日我打算在家休息。

＝ 일요일에 집에서 쉬려고요.

1. 請參照範例，看圖並利用提示字詞完成對話。

[보기]

가 : 어제 어디에 갔어요?

나 : <u>밥을 먹으러 식당에 갔어요.</u>

　　(밥을 먹다)

(1)

가 : 어제 어디에 갔어요?

나 : _____.

　　(돈을 찾다)

(2)

가 : 어제 어디에 갔어요?

나 : _____.

　　(머리를 자르다)

(3)

가 : 어제 어디에 갔어요?

나 : _____.

　　(여권을 만들다)

[新詞彙]

머리를 자르다 剪頭髮
여권을 만들다 辦護照

(4)

가 : 어제 어디에 갔어요?

나 : _____ .

    (커피를 마시다)

(5)

가 : 어제 어디에 갔어요?

나 : _____ .

    (만화책을 보다)

◎ 2. 請參照範例，看圖並利用提示字詞完成對話。

[보기]

가 : 지금 어디에 가려고 해요?

나 : 밥을 먹으러 식당에 가려고 해요.

(밥을 먹다)

(1)

가 : 지금 어디에 가려고 해요?

나 : _____ .

    (공부를 하다)

[新詞彙]

만화책을 보다 看漫畫書

(2)

가 : 지금 어디에 가려고 해요?

나 : _____ .

(책을 빌리다)

(3)

가 : 지금 어디에 가려고 해요?

나 : _____ .

(우유를 사다)

(4)

가 : 지금 어디에 가려고 해요?

나 : _____ .

(영화를 보다)

(5)

가 : 지금 어디에 가려고 해요?

나 : _____ .

(편지를 부치다)

[新詞彙]

편지를 부치다 寄信

책을 빌리다 借書

3. 請參照範例，看圖並利用提示字詞完成對話。

[보기]

가 : 이번 주말에 어디에 갈 거예요?

나 : <u>밥을 먹으러 식당에 갈 거예요.</u> (밥을 먹다)

(1)

가 : 지금 어디에 갈 거예요?

나 : _____.(수영하다)

(2)

가 : 지금 어디에 갈 거예요?

나 : _____.(운동하다)

(3)

가 : 지금 어디에 갈 거예요?

나 : _____.(노래하다)

(4)

가 : 지금 어디에 갈 거예요?

나 : _____.(스키를 타다)

(5)

가 : 지금 어디에 갈 거예요?

나 : _____.(놀이기구를 타다)

[新詞彙]

놀이 기구 遊樂器材

◯ 4. 請參照範例，看圖並完成對話。

[보기]

가 : 방학에 뭐 할 거예요?

나 : <u>제주도로 여행 가려고 해요.</u>

(1)

가 : 부산에 뭘 타고 갈 거예요?

나 : _____ .

(2)

가 : 오늘 오후에 누구를 만날 거예요?

나 : _____ .

(3)

가 : 집에서 뭐 할 거예요?

나 : _____ .

(4)

가 : 어디에서 내릴 거예요?

나 : _____ .

(5)

가 : 이번 주말에 뭐 할 거예요?

나 : _____ .

● 5. 請參照範例，完成句子。

[보기]

시험이 있습니다.

→ **그래서 도서관에 가려고 합니다.**

(1) 비자가 필요합니다.

→ _____.

(2) 친구 생일입니다.

→ _____.

[新詞彙]

비자 簽證
필요하다 需要
살이 찌다 變胖
설날 연휴 新年連假

(3) 집에 과일이 없습니다.

→ _____.

(4) 살이 쪘어요.

→ _____.

(5) 설날 연휴입니다.

→ _____.

🔘 **마이클** : 이번 여름 방학에 뭘 하고 싶어요?

🔘 **지　은** : 한국에 가고 싶어요.

🔘 **마이클** : 한국에 가서 뭘 하고 싶어요?

🔘 **지　은** : 쇼핑하러 명동에 가고 싶어요.
　　　　　명동에서 화장품하고 옷을 사고 싶어요.

🔘 **마이클** : 우리 반 한 친구는 한국 아이돌을 아주
　　　　　좋아해요.
　　　　　그래서 그 친구도 한국에 너무 가고
　　　　　싶어해요.

🔘 **지　은** : 그렇군요.

[新詞彙]

아이돌 偶像

● 여가 활요 閒暇活動

컴퓨터 게임을 하다
玩電腦遊戲

_____

음악을 감상하다
欣賞音樂

_____

요가를 배우다
學習瑜珈

_____

독서하다
讀書、唸書

_____

낮잠을 자다
睡午覺

_____

태권도를 배우다
學習跆拳道

_____

단풍 구경을 하다 / 가다
賞楓葉 / 去看楓葉

_____

조깅을 하다
慢跑

_____

스쿠버 다이빙을 하다
潛水

_____

文法 2-1

◎ V- 고 싶다 （第一人稱、第二人稱）想……

　　表示說話者對某件事情的希望或願望。當用於第一人稱時，是表達自己的希望或願望，當用於第二人稱時，則是表達詢問對方的希望或願望。

· 가 : 주말에 뭘 하고 싶어요?　　　　　週末想做什麼呢？
　나 : 한강에 가서 자전거를 타고 싶어요.　　我想去漢江騎腳踏車。

· 가 : 어떤 영화를 보고 싶어요?　　　　想看什麼樣的電影呢？
　나 : 코미디 영화를 보고 싶어요.　　　我想看喜劇片。

· 방학 때 스쿠버 다이빙을 하고 싶어요.　　放假時我想潛水。

· 토요일에 산에 가서 단풍 구경을 하고
　싶어요.　　　　　　　　　　　　　　週六我想去山上賞楓。

· 나는 커서 의사가 되고 싶어요.　　　我長大後想當醫生。

🐾 小祕訣

過去式：本來想做某件事情但卻沒有被實現時，可以用「-고 싶었지만 못 V」來表現。

· 여름 방학 때 한국에 가고 싶었지만 못 갔어요.
　暑假時想去韓國，但沒去成。
· 지난 주말에 영화를 보고 싶었지만 시간이 없어서 못 봤어요.
　上週末想去看電影，但因為沒有時間便沒看成。

🐾 補充文法

（職業、身分、地位）이 / 가 되다 : 當……、成為……

[新詞彙]
어떤 什麼樣的

文法 2-2

◉ V- 고 싶어 하다 　（第三人稱）想……

表示第三者對某件事情的希望或願望。

· 언니는 이번 방학에 제주도에　　　　　姊姊這次假期想去濟州島。
　가고 싶어 해요.

· 지은 씨는 새 컴퓨터를 사고 싶어 해요.　智恩想買新的電腦。

· 동생은 치킨하고 콜라를 먹고 싶어 해요.　弟弟想吃炸雞配可樂。

· 마이클 씨는 매일 아침에 조깅을　　　　麥可想要每天早上慢跑。
　하고 싶어 해요.

· 나는 커피를 마시고 싶어요. 하지만　　　我想喝咖啡，但朋友想喝珍珠
　친구는 버블밀크티를 마시고 싶어 해요.　奶茶。

[新詞彙]

새 〜 　新的……

버블밀크티 　珍珠奶茶

👆**小祕訣**

「-고 싶다」的否定句是「-고 싶지 않다」（第一人稱）、「-고 싶어 하지 않다」
（第三人稱），中譯為「不想……」。

· 나는 수영하고 싶지 않아요.　　　　　　我不想游泳。
· 마이클 씨는 수영을 하고 싶어 하지 않아요.　麥可不想游泳。

1. 請參照範例，看圖並完成對話。

[보기]

(바다)

가 : 주말에 뭐 하고 싶어요?

나 : <u>바다에 가고 싶어요.</u>

(1)

(제주도)

가 : 여름 방학에 어디에 가고 싶어요?

나 : _____.

(2)

(불고기)

가 : 저녁에 뭘 먹고 싶어요?

나 : _____.

(3)

 (컴퓨터 게임)

가 : 수업 끝나고 뭐 하고 싶어요?

나 : _____.

(4)

 (자다)

가 : 주말에 집에서 뭐 하고 싶어요?

나 : _____.

◉ 2. 請參照範例完成對話。

[新詞彙]	
콘서트표	演唱會票
예매하다	預訂

[보기]

가 : 어제 저녁에 떡볶이 먹었어요?

나 : 아니요. <u>먹고 싶었지만 못 먹었어요</u>.

(1) 가 : 저번 주말에 수영을 했어요?

　　나 : 아니요. _____.

(2) 가 : 어제 고향 친구를 만났어요?

　　나 : 아니요. _____.

(3) 가 : 명동에서 운동화를 샀어요?

　　나 : 아니요. _____.

(4) 가 : 콘서트표 예매했어요?

　　나 : 아니요. _____.

◉ 3. 請參照範例，看圖並完成句子。

[보기]

(축구를 하다)

마이클 씨는 <u>축구를 하고 싶어 해요.</u>

(1)

(꽃을 구경하다)

지은 씨는 _____.

(2)

가나다라 …

(한국어를 잘하다)

마이클 씨는 _____.

(3)

(눈사람을 만들다)

마이클 씨는 _____.

(4)

(태권도를 하다)

마이클 씨는 _____.

4. 請參照範例，看圖並完成對話。

[보기]

나 　　　　　 여자친구

나는 불고기를 먹고 싶지만 여자 친구는 냉면을 먹고 싶어 해요.

(1)

나 　　　　　 어머니

_____.

(2)

나 　　　　　 친구

_____.

(3)

나 　　　　오빠

_____.

(4)

나 　　　　남자친구

_____.

○ 1. 聽力與會話 ▶ MP3-54

請聽會話內容，回答下列問題。

(1) 마이클 씨는 왜 슈퍼마켓에 갑니까?

① 음료수와 빵을 사러 갑니다.

② 우유와 과자를 사러 갑니다.

③ 음료수와 과자를 사러 갑니다.

④ 맥주와 우유를 사러 갑니다.

[新詞彙]	
정하다	決定
코미디 영화	喜劇片
공포 영화	恐怖片
로맨틱 영화	浪漫愛情片
액션 영화	動作片

(2) 지은 씨는 왜 시내에 갑니까?

_____ .

(3) 지은 씨는 무슨 영화를 좋아합니까?

① 공포 영화

② 로맨틱 영화

③ 코미디 영화

④ 액션 영화

(4) 마이클은 언제 영화를 보려고 합니까?

_____ .

◎ 2. 情境會話練習

(1) 한국에서 어디에 가고 싶어요?

(2) 한국에서 무엇을 사고 싶어요?

(3) 무슨 한국 음식을 먹고 싶어요?

(4) 생일에 무슨 선물을 받고 싶어요?

(5) 한국 아이돌 중 누구를 만나고 싶어요?

◎ 3. 閱讀與寫作

저는 내년에 한국어를 배우러 한국에 가려고 합니다.

한국에 가서 하고 싶은 것이 많습니다.

먼저, 저는 한국의 맛있는 음식을 많이 먹고 싶습니다.

특히 저는 떡볶이와 김밥을 좋아합니다.

떡볶이는 맵지만 김밥은 맵지 않습니다.

그리고 저는 친구를 많이 사귀고 싶습니다.

한국어로 한국 친구들과 이야기를 하고 싶습니다.

요즘은 한국 드라마가 재미있습니다.

그래서 제 어머니도 한국어를 배우고 싶어 하십니다.

지금은 한국어로 이야기를 잘 하지 못하지만

저는 한국어를 열심히 배울 것입니다.

[新詞彙]

사귀다 交往

韓翻中練習

1

2

3

4

5

6

7

8

9

10

11

大家明年想做什麼？計畫是什麼呢？請寫寫看。

1	
2	
3	
4	
5	
6	
7	
8	
9	
10	
11	

● 한국 여름 축제 韓國夏天慶典小知識

新村水槍慶典（신촌 물총 축제）！

每年7月（매년 7월）是韓國最熱的時候，因此水槍慶典正是消暑的最好方法！

水槍慶典於2013年由民間發起，2016年正式升格為首爾市政府官方舉辦的慶典，並由西大門區廳主辦，可說是韓國夏天最具代表性的活動。

每年會根據不一樣的主題，由兩派人馬裝扮成對立的角色，進行一場「水流成河」的史詩大對決！今年夏天，不妨帶著水槍到新村延世大學前面，找回童年打水仗的快樂！

◎ 文法 1-1 V-(으) 러 가다 / 오다

· 휴게실에 커피를 마시러 가요.

· 시험 공부하러 도서관에 가요.

· 가 : 왜 시내에 가요?

　나 : 옷을 사러 가요.

◎ 文法 1-2 V-(으) 려고 하다

· 이번 주 일요일에는 집에서 쉬려고 해요.

· 오늘 오후에 빨래방에서 빨래를 하려고 해요.

· 가 : 마이클 씨, 다음 주말에 뭐 할 거예요?

　나 : 집에서 책을 읽으려고 해요.

◎ 文法 2-1 V- 고 싶다

· 오늘 너무 피곤해요. 빨리 집에 가서 쉬고 싶어요.

· 저는 여름에 물놀이를 하고 싶어요.

· 가 : 무슨 한국 음식을 좋아해요?

　나 : 떡볶이를 좋아해요. 지금 먹고 싶어요.

◎ 文法 2-1 V- 고 싶어 하다

· 제 동생은 태권도를 배우고 싶어 해요.

· 제 친구는 바다에 가서 물놀이를 하고 싶어 해요.

· 가 : 어제 뭘 했어요?

　나 : 아이가 놀이 공원에 가고 싶어 해서 같이 놀이 공원에 갔어요.

情境與對話 1

智恩：麥克今天下午要做什麼呢？

麥克：我要跟朋友一起去百貨公司買運動鞋。

智恩：啊，是嗎？可是百貨公司的東西不會很貴嗎？

麥克：最近是特價期間，所以不會很貴。
智恩小姐要做什麼呢？

智恩：今天天氣很好，所以打算去漢江公園。
要在那裡騎腳踏車。

麥克：好的，祝你有個愉快的午後時光。

情境與對話 2

麥可：這次暑假想做什麼呢？

智恩：想去韓國。

麥可：去韓國想做什麼呢？

智恩：想去明洞購物。
打算在明洞買化妝品和衣服。

麥可：我們班上有個同學很喜歡韓國偶像。
所以那個同學也很想去韓國。哈哈。

智恩：這樣啊！

解答

小試身手 1 解答

1. 請參照範例，將以下形容詞原形，運用「ㅂ不規則」寫看看。

形容詞的原形	-아요 / 어요	-았어요 / 었어요	-습니다 / ㅂ니다	-지만
덥다 熱的	**더워요**	더웠어요	덥습니다	덥지만
춥다 冷的	추워요	**추웠어요**	춥습니다	춥지만
쉽다 簡單的	쉬워요	쉬웠어요	**쉽습니다**	쉽지만
어렵다 難的	어려워요	어려웠어요	어렵습니다	**어렵지만**
가볍다 輕的	가벼워요	가벼웠어요	가볍습니다	가볍지만
무겁다 重的	무거워요	무거웠어요	무겁습니다	무겁지만
맵다 辣的	매워요	매웠어요	맵습니다	맵지만
싱겁다 淡的	싱거워요	싱거웠어요	싱겁습니다	싱겁지만
귀엽다 可愛的	귀여워요	귀여웠어요	귀엽습니다	귀엽지만
아름답다 美麗的	아름다워요	아름다웠어요	아름답습니다	아름답지만
가깝다 近的	가까워요	가까웠어요	가깝습니다	가깝지만

2. 請參照範例，運用「ㅂ不規則」完成句子。

   (1) 겨울이 추워요.
   (2) 시험이 쉬워요.
   (3) 영어가 어려워요.
   (4) 가방이 가벼워요.
   (5) 의자가 무거워요.
   (6) 떡볶이가 매워요.
   (7) 반찬이 싱거워요.
   (8) 강아지가 귀여워요.
   (9) 경치가 아름다워요.
   (10) 학교가 가까워요.

3. 請參照範例，看圖完成句子。
   (1) 작지만 깨끗해요
   (2) 맛있지만 비싸요
   (3) 어렵지만 재미있어요
   (4) 저번 주는 추웠지만 이번 주는 따뜻해요
   (5) 어제는 복잡했지만 오늘은 안 복잡해요
   (6) 쉽지만 재미없어요

小試身手 2 解答

1. 運用「~지요?」，將以下單字填入空格內。
   (1) 맛있지요
   (2) 좋아하지요
   (3) 비싸지요
   (4) 의사지요
   (5) 유명하지요
   (6) 배우지요

2. 請參照範例，看圖完成句子。
   (1) 먹었지요
   (2) 눈이 오지요
   (3) 마시지요
   (4) 갈 거지요

3. 運用「A/V-네요」、「N(이)네요」，將以下形容詞填入空格內。
   (1) 동생이 키가 크네요.
   (2) 그 배우가 멋있네요.
   (3) 교통이 복잡하네요.
   (4) 여기 경치가 아름답네요.
   (5) 어제가 지은이 생일이었네요.
   (6) 어렸을 때 귀여웠네요.

4. 運用「A/V-네요」、「N(이)네요」，看圖回答問題。
   (1) 맵네요
   (2) 마셨네요
   (3) 높네요
   (4) 많네요

綜合練習解答

1. 聽力與會話

聽力腳本	聽力腳本中譯
우리 가족은 네 명이에요.	我們家有四個人。
아버지는 등산을 좋아해요. 주말에 자주 산에 가요. 산에서 사진을 찍어요.	爸爸喜歡登山，週末經常去山上，也會在山上拍照。
어머니는 한국 드라마를 좋아해요. 매일 저녁 텔레비전을 봐요.	媽媽喜歡看韓劇，每天晚上會看電視。
누나는 영화 감상을 좋아해요. 주말에 자주 영화관에 가서 영화를 봐요.	姊姊喜歡欣賞電影，週末常常去電影院看電影。
저는 영화를 좋아하지 않아요. 운동을 좋아해요. 특히 수영을 좋아해요. 그래서 주말에 수영장에서 수영을 해요.	我不喜歡看電影，我喜歡運動，尤其喜歡游泳，因此週末都會去游泳池游泳。

請根據聽到的內容，選擇正確的答案。

(1) ① (c) ② (d) ③ (b) ④ (a)

(2) ① (×) ② (○) ③ (×) ④ (○)

2. 情境會話練習

(略)

3. 閱讀與寫作

韓翻中練習

1 我的故鄉是韓國首爾。

2 在韓國有春、夏、秋、冬四個季節。

3 韓國的春天非常溫暖，山和公園裡的花會綻放。

4 韓國的夏天很熱，因此人們會去海邊玩水。

5 韓國的秋天涼爽，而且天空很晴朗。

6 韓國的冬天很冷，且雪很多。

7 我在四個季節中喜歡春天。

8 大家喜歡什麼季節呢？

請參照上方內容，擬出一份關於故鄉的介紹稿。

(略)

제 8 과 지금 몇 시예요 ?
第 8 課 現在幾點呢 ?

小試身手 1 解答

1. 請參照範例，看圖回答問題。
   (1) 오후 열 시 오십 분이에요
   (2) 오전 일곱 시 삼십 분이에요
   (3) 오후 열한 시 오십오 분이에요
   (4) 여덟 시 사십오 분이에요
   (5) 네 시 삼십오 분이에요
   (6) 여섯 시 십오 분이에요

2 請參照範例，看圖完成句子。
   (1) 아침 일곱 시 이십 분에 아침을 먹습니다
   (2) 아침 일곱 시 사십 분에 학교에 갑니다
   (3) 아침 여덟 시에 수업이 시작됩니다
   (4) 오후 네 시 오십오 분에 수업이 끝납니다
   (5) 저녁 열 시 삼십 분에 샤워합니다
   (6) 저녁 열한 시 삼십 분에 잠을 잡니다

3. 請參照範例完成句子。
   (1) 점심 시간은 정오 열두 시부터 오후 한 시까지예요
   (2) 휴식 시간은 오후 두 시부터 오후 세 시까지예요
   (3) 회의 시간은 오후 한 시 십 분부터 오후 두 시 이십 분까지예요
   (4) 회사 근무 시간은 오전 아홉 시부터 오후 여섯 시까지예요
   (5) 학교 수업 시간은 오전 아홉 시부터 오후 세 시 삼십 분까지예요
   (6) 방 청소 시간은 오후 일곱 시부터 오후 여덟 시 십오 분까지예요
   (7) 산책 시간은 오후 여섯 시부터 여섯 시 반까지예요
   (8) 공부 시간은 오후 일곱 시부터 열 시까지예요

小試身手 2 解答

1. 請參照範例，看圖回答問題。
   (1) 아침에 일어나서 세수를 해요
   (2) 지은 씨는 공원에 가서 산책해요
   (3) 토마스 씨는 친구를 만나서 영화를 봐요
   (4) 지은 씨는 떡볶이를 만들어서 친구들하고 같이 먹어요
   (5) 토마스 씨는 꽃을 사서 여자 친구한테 줘요

2. 請選出括號中正確的文法。

(1) 만나서
(2) 입고
(3) 타고
(4) 서서
(5) 들고
(6) 먹고
(7) 하고

3. 請將下表中的單字結合「-(으)ㄹ 거예요」，寫出正確的答案。

單字	-(으)ㄹ 거예요	單字	-(으)ㄹ 거예요
마시다	마실 거예요	먹다	먹을 거예요
배우다	배울 거예요	읽다	읽을 거예요
쉬다	쉴 거예요	입다	입을 거예요
쓰다	쓸 거예요	일어나다	일어날 거예요
쇼핑하다	쇼핑할 거예요	좋아하다	좋아할 거예요

4. 請參照範例，看圖完成句子。

(1) 꽃을 사서 줄 거예요
(2) 친구와 영화를 볼 거예요
(3) 도서관에서 공부할 거예요
(4) 버스를 타고 갈 거예요
(5) 한국에 갈 거예요

綜合練習解答

1. 聽力與會話

聽力腳本	聽力腳本中譯
저는 매일 아침 6시에 일어나요. 6시 반부터 7시까지 아침을 먹어요. 그리고 학교에 가요. 학교 수업은 9시부터 12시까지예요. 다음 주 화요일부터 수요일까지 한국어 시험이 있어요. 이번 한국어 시험은 120쪽부터 185쪽까지예요. 시험 범위가 좀 많아요. 그래서 저는 수업이 끝나고 도서관에 가요. 오후 1시부터 6시까지 도서관에서 공부해요. 그리고 집에 와서 쉬어요.	我每天早上6點起床，6點半開始到7點吃早餐，接著去學校。學校課程是從9點開始到12點。下週二開始到週三有韓文考試。這次韓文考試是從120頁考到185頁，考試範圍有點多，所以我課後會去圖書館，從下午1點到6點在圖書館讀書，然後就回來家裡休息。

請根據聽到的內容，選擇正確的答案。

(1) ②

(2) ① （○） ② （○） ③ （○） ④ （×） ⑤ （×） ⑥ （○）

2. 情境會話練習

(略)

3. 閱讀與寫作

韓翻中練習

1 上個週末我和朋友一起去了東大門市場

2 在東大門市場買了T恤和帽子

3 我一般從星期一到星期五在學校有課

4 所以每天早上9點前要到學校

5 今天下課後會去圖書館

6 還有這個週末我要去北村韓屋村

7 要在那裡看韓國的傳統韓屋

8 接著再去仁寺洞吃美食

請參照上方內容，寫看看一天的日記。

(略)

小試身手 1 解答

1　請參照範例，看圖並利用提示字詞完成句子。

(1) 영화를 볼까요

(2) 커피를 마실까요

(3) 우리 같이 콘서트에 갈까요

(4) 우리 같이 케이크를 먹을까요

2　請參照範例，看圖並利用提示字詞完成句子。

(1) 먹을까요 / 분식집에서 먹어요

(2) 갈까요 / 산에 가요

(3) 만날까요 / 오후 세 시에 만나요

(4) 읽을까요 / 잡지를 읽어요

3　請將下表中的單字結合提示的語尾，寫出正確的內容。

單字	-습니다 / ㅂ니다	-아요 / 어요	-았 / 었어요	-(으)세요	-(으)ㄹ까요?
걷다	걷습니다	걸어요	걸었어요	걸으세요	걸을까요?
듣다	듣습니다	들어요	들었어요	들으세요	들을까요?
묻다	묻습니다	물어요	물었어요	물으세요	물을까요?
받다	받습니다	받아요	받았어요	받으세요	받을까요?
닫다	닫습니다	닫아요	닫았어요	닫으세요	닫을까요?

4　請利用提示的字詞完成句子。

(1) 걸었어요

(2) 들을까요

(3) 듣고 / 물으세요

(4) 받으세요

(5) 닫으세요

小試身手 2 解答

1.　請參照範例，將左欄的「原因 / 理由」與右欄的「結果」配對，並完成句子。

(1) 날씨가 너무 추워서 옷을 많이 입어요.

(2) 머리가 아파서 약을 먹어요.

(3) 어제 피곤해서 집에서 쉬었어요.

(4) 어제 친구의 생일이어서 생일 파티에 갔어요.

(5) 늦게 일어나서 학교에 늦었어요.

(6) 떡볶이가 매워서 잘 못 먹어요.

(7) 날씨가 따뜻해서 봄이 좋아요.

2. 連連看，請將下圖連到正確的動詞。

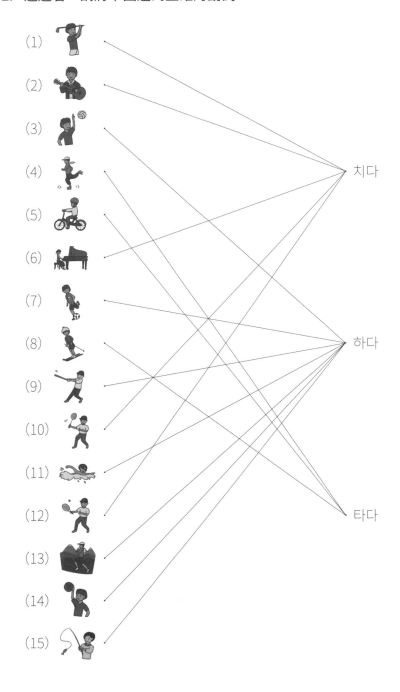

3. 承上題，請運用連接後的子句，寫出完整的句子。
   (1) 나는 기타를 칠 수 있어요.
   (2) 나는 배구를 할 수 있어요.
   (3) 나는 스케이트를 탈 수 있어요.
   (4) 나는 자전거를 탈 수 있어요.
   (5) 나는 피아노를 칠 수 있어요.
   (6) 나는 축구를 할 수 있어요.
   (7) 나는 스키를 탈 수 있어요.
   (8) 나는 야구를 할 수 있어요.
   (9) 나는 배드민턴을 칠 수 있어요.
   (10) 나는 수영을 할 수 있어요.
   (11) 나는 테니스를 칠 수 있어요.
   (12) 나는 등산을 할 수 있어요.
   (13) 나는 농구를 할 수 있어요.
   (14) 나는 낚시를 할 수 있어요.

4. 請參照範例，看圖完成句子。
   (1) 어제 늦게 자서 일찍 일어날 수 없었어요
   (2) 늦게까지 야근해서 운동을 할 수 없었어요
   (3) 어려워서 잡지를 읽을 수 없어요
   (4) 운전면허증이 없어서 운전할 수 없어요

綜合練習解答

1. 聽力與會話

<table>
<tr><td>

聽力腳本

토마스：우리 같이 쇼핑할까요?

지　은：좋아요. 언제 쇼핑할까요?

토마스：이번주 일요일이 어때요?

지　은：좋아요. 어디에서 쇼핑할까요?

토마스：요즘 백화점 세일이 있어요.
　　　　우리 백화점에서 쇼핑해요.

지　은：좋아요. 몇 시에 만날까요?

토마스：오후 1시에 명동역 2번 출구 앞에
　　　　서 만나요.

지　은：쇼핑하고 뭘 할까요?

토마스：명동에서 같이 저녁 먹을까요?

지　은：좋아요.
　　　　쇼핑 끝나고 우리 맛있는 저녁 먹
　　　　어요.

</td><td>

聽力腳本中譯

湯瑪士：我們要不要一起逛街呢？

智　恩：好。什麼時候要逛街呢？

湯瑪士：這個星期日如何呢？

智　恩：好。要在哪裡逛街呢？

湯瑪士：最近百貨公司有特價，我
　　　　們在百貨公司逛街。

智　恩：好。幾點碰面呢？

湯瑪士：下午1點在明洞站2號出口
　　　　見面吧。

智　恩：要逛街還要做什麼呢？

湯瑪士：要一起在明洞吃晚餐嗎？

智　恩：好，逛完街後我們吃美味
　　　　的晚餐。

</td></tr>
</table>

請根據聽到的內容，選擇正確的答案。

⑴ 이번 주 일요일 오후 1시에 만납니다

⑵ 쇼핑을 하고 저녁을 먹을 겁니다

⑶ ④

2. 情境會話練習

（略）

3. 閱讀與寫作

韓翻中練習

1 韓國人很喜歡小吃。

2 小吃中有辣炒年糕、泡麵、刀削麵、年糕湯等。

3 還有紫菜飯捲、冷麵等。

4 中式有炸醬麵、炒碼麵。

5 韓國餐廳的外送很快。

6 用電話訂餐的話馬上可以外送食物。

7 各位去韓國的話，可以試試看用電話訂餐。

請利用文法「-ㄹ / 을 수 있어요 / 없어요」描述自己的才能。

（略）

小試身手 1 解答

1. 請參照範例，將下列表格中的單字結合敬語語尾。

單字	-(으)세요	-(으)셨어요	-(으)실 거예요
많다	**많으세요**	많으셨어요	많으실 거예요
작다	작으세요	**작으셨어요**	작으실 거예요
친절하다	친절하세요	친절하셨어요	**친절하실 거예요**
좋다	좋으세요	좋으셨어요	좋으실 거예요
재미있다	재미있으세요	재미있으셨어요	재미있으실 거예요
가다	가세요	가셨어요	가실 거예요
읽다	읽으세요	읽으셨어요	읽으실 거예요
쉬다	쉬세요	쉬셨어요	쉬실 거예요
가르치다	가르치세요	가르치셨어요	가르치실 거예요
오다	오세요	오셨어요	오실 거예요
좋아하다	좋아하세요	좋아하셨어요	좋아하실 거예요
배우다	배우세요	배우셨어요	배우실 거예요
입다	입으세요	입으셨어요	입으실 거예요
있다	계세요	계셨어요	계실 거예요
먹다	드세요	드셨어요	드실 거예요
자다	주무세요	주무셨어요	주무실 거예요
말하다	말씀하세요	말씀하셨어요	말씀하실 거예요

2. 請參照範例，先選出正確的選項，再完成句子。

(1) 이에요

(2) 셨어요

(3) 이세요

(4) 예요

(5) 이셨어요 / 세요

(6) 이세요 / 이에요

3 請參照範例，使用「-(으) 시 -」完成句子。

(1) 어머니는 커피를 드세요

(2) 교수님이 말씀하세요

(3) 선생님은 지금 집에 계세요

(4) 할머니께서 주무세요

(5) 사장님은 운동을 좋아하세요

(6) 할아버지께서 많이 편찮으세요

(7) 아버지는 어제 비빔밥을 드셨어요

4 請參照範例，看圖完成句子。

(1) 하세요 / 집 / 읽으세요

(2) 하셨어요 / 가셨어요

(3) 하세요 / 가르치세요

(4) 하셨어요 / 하셨어요

小試身手 2 解答

1. 請參照範例，將表格中的形容詞運用「으不規則」寫寫看。

單字	-아요 / 어요	-았어요 / 었어요	-아서 / 어서	-습니다 / ㅂ니다
아프다	**아파요**	아팠어요	아파서	아픕니다
바쁘다	바빠요	**바빴어요**	바빠서	바쁩니다
나쁘다	나빠요	나빴어요	**나빠서**	나쁩니다
예쁘다	예뻐요	예뻤어요	예뻐서	**예쁩니다**
기쁘다	기뻐요	기뻤어요	기뻐서	기쁩니다
슬프다	슬퍼요	슬펐어요	슬퍼서	슬픕니다
고프다	고파요	고팠어요	고파서	고픕니다
크다	커요	컸어요	커서	큽니다
쓰다	써요	썼어요	써서	씁니다
끄다	꺼요	껐어요	꺼서	끕니다

2. 請參照範例，看圖片並依照提示完成句子。

(1) 배가 고파요.

(2) 영화가 슬퍼요.

(3) 여동생이 예뻐요.

(4) 날씨가 나빠요.

(5) 키가 커요.

(6) 일이 바빠요.

(7) 약이 써요.

3. 請參照範例，依照提示完成句子。

(1) 바빠요

(2) 커요 / 크고 / 예뻐요

(3) 나빠요 / 나빴지만

(4) 썼어요

4 請參照範例，將表格中的動詞結合敬語語尾填入以下空格。

單字	-(으)세요	-지 마세요	-(으)십시오	-지 마십시오
가다	가세요	**가지 마세요**	가십시오	**가지 마십시오**
쓰다	쓰세요	쓰지 마세요	쓰십시오	쓰지 마십시오
사다	**사세요**	사지 마세요	사십시오	사지 마십시오
보다	보세요	보지 마세요	보십시오	보지 마십시오
읽다	읽으세요	읽지 마세요	**읽으십시오**	읽지 마십시오
앉다	앉으세요	앉지 마세요	앉으십시오	앉지 마십시오

5. 請參照範例，看圖並依照提示完成句子。

(1) 약을 드세요

(2) 따뜻한 물을 드세요

(3) 집에서 푹 쉬세요

(4) 병원에 가세요

6. 請參照範例，看圖並依照提示完成句子。

(1) 술을 마시지 마세요

(2) 말을 많이 하지 마세요

(3) 아이스크림을 먹지 마세요

(4) 늦게 자지 마세요

綜合練習解答

1. 聽力與會話

聽力腳本	聽力腳本中譯
의사 : 어떻게 오셨어요?	醫生：怎麼了呢？
환자 : 감기에 걸렸어요.	患者：我感冒了。
의사 : 어떻게 아프세요?	醫生：哪裡不舒服呢？
환자 : 열도 나고 기침도 많이 해요.	患者：發燒還咳得很嚴重。
콧물도 나요.	也有流鼻水。
의사 : 언제부터 아프셨어요?	醫生：什麼時候開始不舒服的呢？
환자 : 그저께부터요.	患者：前天開始的。
의사 : 약을 드시고 푹 쉬세요.	醫生：請服藥並好好休息。
그리고 따뜻한 물을 많이 드시	還有請多喝溫水，不要喝冷水。
고 차가운 물을 드시지 마세요.	患者：好的，我知道了。
환자 : 네, 알겠습니다	

請根據聽到的內容，選出正確的答案。

(1) ③

(2) ③

2. 情境會話練習

(略)

3. 閱讀與寫作

韓翻中練習

1 我們家裡一共有五個人。

2 有父母、姊姊跟弟弟。

3 我父親52歲，母親48歲。父親是位醫生。

4 母親是位老師，在學校教韓文。

5 姊姊是位護士，在醫院工作。

6 弟弟是高中2年級的學生。

7 我們家很喜歡旅行。我們經常一起旅行。

請參照上方內容，介紹「我的家庭」。

(略)

小試身手 1 解答

1. 請參照範例，看圖回答問題。
   - (1) 버스를 타고 가요
   - (2) 오토바이를 타고 가요
   - (3) 비행기를 타고 가요
   - (4) 공항버스를 타고 가요
2. 請參照範例，看圖回答問題。
   - (1) 고속철도로 2시간 15분 정도 걸려요
   - (2) 비행기로 40분 정도 걸려요
   - (3) 자동차로 35분 정도 걸려요
   - (4) 걸어서 50분 정도 걸려요
   - (5) 자전거로 20분 정도 걸려요
3. 請參照範例，看圖回答問題。
   - (1) 지하철 1호선을 타세요 / 서울역에서 지하철 4호선으로 갈아타세요
   - (2) 지하철 3호선을 타세요 / 안국역에서 102번 버스로 갈아타세요
   - (3) 215번 버스를 타세요 / 신촌에서 지하철 2호선으로 갈아타세요
   - (4) 1023번 버스를 타세요 / 시청에서 437번 버스로 갈아타세요
4. 請參照範例，看圖回答問題。
   - (1) 인천에서 출발해서 미국으로 가요
   - (2) 청량리에서 출발해서 춘천으로 가요
   - (3) 대만에서 출발해서 한국으로 가요
   - (4) 서울에서 출발해서 대전으로 가요

小試身手 2 解答

1. 請參照範例，將下表中的單字與語尾結合。

單字	-아요 / 어요	-습니다 / ㅂ니다	-네요	-(으)세요	-(으)ㄹ까요?
만들다 做	**만들어요**	만듭니다	만드네요	만드세요	만들까요?
살다 住	살아요	**삽니다**	사네요	사세요	살까요?
알다 知道	알아요	압니다	**아네요**	아세요	알까요?

열다 打開	열어요	엽니다	여네요	**여세요**	열까요?
팔다 賣	팔아요	팝니다	파네요	파세요	**팔까요?**
놀다 玩	놀아요	놉니다	노네요	노세요	놀까요?
울다 哭	울어요	웁니다	우네요	우세요	울까요?

2. 請參照範例，使用文法「ㄹ不規則」完成句子。
   (1) 만드세요 / 만드세요
   (2) 놀았어요 / 놀았어요
   (3) 우세요 / 우셨어요
   (4) 팔아요 / 팔아요
   (5) 열까요 / 열 거예요
   (6) 아세요 / 알아요

3. 請參照範例，將下表中的單字與語尾結合。

單字	-아 / 어 줄까요?	-아 / 어 주세요	-어 / 어 줬어요
가르치다	**가르쳐 줄까요?**	가르쳐 주세요	가르쳐 줬어요
읽다	읽어 줄까요?	**읽어 주세요**	읽어 줬어요
닫다	닫아 줄까요?	닫아 주세요	**닫아 줬어요**
만들다	만들어 줄까요?	만들어 주세요	만들어 줬어요
노래하다	노래해 줄까요?	노래해 주세요	노래해 줬어요
돕다	도와 줄까요?	도와 주세요	도와 줬어요
쓰다	써 줄까요?	써 주세요	써 줬어요

4. 請參照範例，利用提示完成句子。
   (1) 가르쳐 줄까요
   (2) 끓여 줄까요
   (3) 도와 줄까요
   (4) 사 주세요
   (5) 켜 주세요
   (6) 꺼 주세요
   (7) 가 줬어요
   (8) 찍어 주세요

綜合練習解答

1. 聽力與會話

聽力腳本	聽力腳本中譯
피터 : 지은 씨는 집이 학교 근처지요? 학교까지 얼마나 걸려요?	彼得 : 智恩家在學校附近嗎？到學校要花多少時間？
지은 : 걸어서 10분쯤 걸려요. 피터 씨는 집이 어디예요?	智恩 : 走路大約花10分鐘。彼得家在哪裡呢？
피터 : 저는 신촌에 살아요. 보통 지하철을 타요.	彼得 : 我住在新村，一般都搭捷運。
지은 : 지하철을 타고 어떻게 학교에 와요?	智恩 : 搭捷運後是怎麼來學校的呢？
피터 : 신촌역에서 지하철 2호선을 타고 동대문역사문화공원역에서 4호선으로 갈아타요. 그리고 혜화역에서 내려요.	彼得 : 從新村站搭捷運2號線，接著在東大門歷史文化公園站換乘4號線，並且在惠化站下車。
지은 : 출근 시간에는 항상 사람이 아주 많아요.	智恩 : 上班時間人潮總特別多。
피터 : 그래서 가끔 동대문에서 학교까지 자전거를 타고 와요. 그때는 집에서 일찍 나와야 돼요.	彼得 : 所以我偶爾會從東大門站騎腳踏車到學校。那種時候我就必須早點出門。

請根據聽到的內容，選出正確的答案。

（1）신촌역에서 지하철을 타요.

（2）동대문역사문화공원에서 지하철을 갈아타요.

（3）혜화역에서 내려요

（4）① （✗）、② （✗）、③ （〇）

2. 情境會話練習

（略）

3. 閱讀與寫作

韓翻中練習

1 從我家到機場有點遠。

2 首先要在家裡附近的公車站搭公車到東大門。

3 在那裡換乘機場巴士6001號。

4 從東大門站到仁川機場需要大約50分鐘。

5 機場巴士費用是15,000元。

6 巴士費用有點貴，但裡面很乾淨，所以很不錯。

請參照上方內容，說說大家是怎麼從家裡去學校。

（略）

제 12 과 운동화 사러 백화점에 갈 거예요 .
第 12 課 我要去百貨公司買運動鞋。

小試身手 1 解答

1. 請參照範例，看圖並利用提示字詞完成對話。
   (1) 돈을 찾으러 은행에 갔어요
   (2) 머리를 자르러 미용실에 갔어요
   (3) 여권을 만들러 대사관에 갔어요
   (4) 커피를 마시러 커피숍에 갔어요
   (5) 만화책을 보러 만화방에 갔어요

2. 請參照範例，看圖並利用提示字詞完成對話。
   (1) 공부하러 학교에 가려고 해요
   (2) 책을 빌리러 도서관에 가려고 해요
   (3) 우유를 사러 슈퍼마켓에 가려고 해요
   (4) 영화를 보러 영화관에 가려고 해요
   (5) 편지를 부치러 우체국을 가려고 해요

3. 請參照範例，看圖並利用提示字詞完成對話。
   (1) 수영하러 수영장에 갈 거예요
   (2) 운동하러 헬스클럽에 갈 거예요
   (3) 노래하러 노래방에 갈 거예요
   (4) 스키를 타러 스키장에 갈 거예요
   (5) 놀이기구를 타러 놀이공원에 갈 거예요

4. 請參照範例，看圖並完成對話。
   (1) 기차를 타고 가려고 해요
   (2) 친구를 만나려고 해요
   (3) 책을 읽으려고 해요
   (4) 신촌역에서 내리려고 해요 ·
   (5) 백화점에서 쇼핑하려고 해요

5. 請參照範例完成句子。
   (1) 그래서 대사관에 가려고 합니다.
   (2) 그래서 케이크를 / 선물을 사려고 합니다.
   (3) 그래서 과일을 사려고 합니다.
   (4) 그래서 다이어트를 하려고 합니다.
   (5) 그래서 고향에 가려고 합니다.

小試身手 2 解答

1. **請參照範例，看圖並完成對話。**
   - （1）제주도에 가고 싶어요
   - （2）불고기를 먹고 싶어요
   - （3）컴퓨터 게임을 하고 싶어요
   - （4）자고 싶어요

2. **請參照範例完成對話。**
   - （1）하고 싶었지만 못 했어요
   - （2）만나고 싶었지만 못 만났어요
   - （3）사고 싶었지만 못 샀어요
   - （4）예매하고 싶었지만 못 했어요

3. **請參照範例，看圖並完成句子。**
   - （1）꽃을 구경하고 싶어 해요
   - （2）한국어를 잘하고 싶어 해요
   - （3）눈사람을 만들고 싶어 해요
   - （4）태권도를 배우고 싶어 해요

4. **請參照範例，看圖並完成對話。**
   - （1）나는 바다에 가고 싶지만 어머니는 산에 가고 싶어 하세요
   - （2）나는 영화를 보고 싶지만 친구는 쇼핑을 하고 싶어 해요
   - （3）나는 커피를 마시고 싶지만 오빠는 맥주를 마시고 싶어 해요
   - （4）나는 한국에 가고 싶지만 남자 친구는 미국에 가고 싶어 해요

綜合練習解答

1. **聽力與會話**

聽力腳本	聽力腳本中譯
지　은：마이클 씨, 어디에 가요?	智恩：麥可，你要去哪裡呢？
마이클：음료수와 과자를 사러 슈퍼마켓에 가요. 지은 씨는요?	麥可：我要去超市買飲料跟餅乾。智恩呢？
지　은：저는 친구를 만나러 시내에 가요. 친구하고 같이 영화 보려고 해요.	智恩：我要去市區見朋友。打算跟朋友看電影。
마이클：아, 그래요? 무슨 영화 볼 거예요?	麥可：啊，是這樣啊？要看什麼電影呢？
지　은：아직 정하지 않았어요. 저는 코미디 영화를 좋아해요. 그런데 친구는 공포 영화를 좋아해요. 마이클 씨, 영화 좋아해요?	智恩：還沒有決定。我喜歡看喜劇片。但是朋友喜歡看恐怖片。麥可，你喜歡看電影嗎？

마이클 : 네, 저도 영화 좋아해요. 저는 액션 영화를 좋아해요. 저는 다음 주말에 친구하고 액션 영화를 볼 거예요.	麥可：是，我也喜歡看電影。我喜歡看動作片。 我下週要跟朋友去看動作片。

請根據聽到的內容，選出正確的答案。

(1) ③

(2) 친구를 만나러 가요

(3) ③

(4) 다음 주말에 보려고 합니다

2. 情境會話練習

(略)

3. 閱讀與寫作

韓翻中練習

1 我明年要去韓國學韓文。

2 去韓國後，有許多想做的事情。

3 首先，我想吃很多好吃的韓國的美食料理。

4 尤其我很喜歡辣炒年糕跟紫菜飯捲。

5 雖然辣炒年糕很辣，但是紫菜飯捲不會辣。

6 另外，我想交很多的朋友。

7 想跟韓國朋友用韓語聊天。

8 最近的韓劇很有趣，

9 所以我媽媽也想學韓語。

10 雖然現在不太會用韓語說話，

11 我會努力學習韓語。

大家明年想做什麼？計畫是什麼呢？請寫寫看。

(略)

單字總整理

單字總整理

ㄱ	
가깝다	近的
가끔	偶爾
가방을 들다	提皮包
가볍다	輕的
가정 주부	家庭主婦
가을	秋天
가슴	胸部
가족	家族、家人
가족사진	全家福照
갈비탕	排骨湯
감기약	感冒藥
감기에 걸리다	感冒
감자탕	馬鈴薯湯
강아지	小狗
같다	相同
거의	幾乎
걸어서 가다	走路去
겨울	冬天
경찰	警察
경치	風景
계시다	在
계절	季節
고속버스	公路客運
고속철도	高速鐵路
고속철도역	高速鐵路站
고속터미널	高速客運站
고향	故鄉
곧	馬上
골프를 치다	打高爾夫球
공무원	公務員
공포 영화	恐怖片
공항버스	機場客運
교수님	教授
교통	交通
구경하다	觀賞、欣賞

귀	耳朵
귀엽다	可愛的
그런데	可是、但是
그래서 그런지	可能因為這樣
근무 시간	上班時間
그림을 그리다	畫圖
그저께	前天
기차	火車
기차역	火車站
기침을 하다	咳嗽
기타를 치다	彈吉他
깎아 주세요	請算我便宜些
깨끗하다	乾淨
꽃을 구경하다	賞花
꽃이 피다	開花
끓이다	煮

ㄴ	
나	我
낚시를 하다	釣魚
날씨	天氣
남동생	弟弟
남대문 시장	南大門市場
남자 친구	男朋友
남편	丈夫
낮	白天
낮잠을 자다	睡午覺
년	年
내년	明年
내일	明天
노래를 하다	唱歌
노래방	KTV
놀다	玩
놀이 공원	遊樂園
놀이 기구	遊樂器材
농구를 하다	打籃球
높다	高
누나	姊姊（男用）

눈	眼睛
눈이 오다	下雪
뉴스	新聞
늦게	晚地、遲地
늦다	晚的、遲的

ㄷ	
다리	腳
다시	重新
다시 한 번 말씀해 주세요	請您再說一次
다이어트를 하다	減肥
다음 달	下個月
다음 주	下週
다음 학기	下學期
단풍 구경을 하다 / 가다	賞楓葉／去看楓葉
단풍을 보다	看楓葉
담배를 피우다	抽菸
댁	府上
대만 옥산	臺灣玉山
덥다	熱的
독서하다	讀書、唸書
돈가스	豬排
돌아가시다	過世（是「죽다」的敬語）
돕다	幫忙
동생	弟弟；妹妹
동창회	同學會
된장찌개	大醬湯
드리다	給（是「주다」的敬語）
드세요	吃（是「먹다」的敬語）
드시다	吃、喝（是「먹다」、「마시다」的敬語）
등	等
등산을 하다	爬山
따뜻하다	溫暖的
따뜻한 물	溫水

딸	女兒
떡국	年糕湯
떡볶이	辣炒年糕
또	又

ㄹ	
라디오	廣播、收音機
로맨틱 영화	浪漫愛情片
룸메이트	室友

ㅁ	
마다	每……
마흔 살	四十歲
만두	水餃
만화방	漫畫房
만화책을 보다	看漫畫書
말을 많이 하다	說很多話
말씀	話（是「말」的敬語）
말씀하시다	說話（是「말하다」的敬語）
말하다	說話
맑다	晴朗的
맛있는 음식	美食
맞다	對
매주	每週
맵다	辣的
머리	頭
머리를 자르다	剪頭髮
멀다	遠
멋있다	帥氣
명	名
명동	明洞
모르다	不知道
목	脖子
목이 아프다	喉嚨痛
몸	身體
몸이 아프다	身體不舒服
못	無法……、不能……

못하다	不會
무겁다	重的
무릎	膝蓋
물건	東西
물놀이를 하다	玩水
미터	公尺

ㅂ	
바다	海
바로	馬上
밖	外面
반찬	小菜
발	腳
발가락	腳趾
밤	夜晚
방 청소를 하다	打掃房間
방학	放假
방학 동안	（學校）放假期間
배	肚子；船
배구를 하다	打排球
배달	外送
배달되다	可以外送
배드민턴을 치다	打羽毛球
배탈이 나다	拉肚子
백 살	一百歲
버리다	丟棄
버블밀크티	珍珠奶茶
버스	公車
버스를 타다	搭公車
버스정류장	公車站
버스터미널	巴士客運站
번	（數字）號
벌써	已經
벚꽃을 보다	看櫻花
보다	比起……
보여주다	給看
볶음밥	炒飯
봄	春天
부대찌개	部隊鍋

부모님	父母親
부산	釜山
부엌	廚房
북촌 한옥 마을	北村韓屋村
분	分；位
분식	小吃
불고기	烤肉
비가 오다	下雨
비빔밥	拌飯
비자	簽證
비행기	飛機
빠르다	快
빨래방	洗衣房

ㅅ	
사귀다	交往
사장님	老闆
사진을 찍다	照相
산	山
산책 시간	散步時間
살다	住
살이 찌다	變胖
샤워하다	洗澡
새 ~	新的……
새벽	凌晨
생신	大壽
서른 살	三十歲
서울 시청	首爾市政府
서울역	首爾站
선물을 주다	送禮物
설날 연휴	新年連假
설렁탕	雪濃湯
설명	說明
성함	大名
세계	世界
세수하다	洗臉
세우다	停（車）
세일 기간	促銷期間
소요 시간	所需時間

소풍을 가다	郊遊
소화가 안 되다	消化不良
손	手
손가락	手指
손을 자주 씻다	經常洗手
쇼핑을 하다	購物
수업이 시작되다	開始上課
수업이 끝나다	上課結束
수영을 하다	游泳
수영장	游泳池
순두부찌개	豆腐鍋
술을 마시다	喝酒
쉰 살	五十歲
쉽다	簡單的
스무 살	二十歲
스케이트를 타다	溜冰
스케이트보드를 타다	玩滑板
스쿠버 다이빙을 하다	潛水
스키를 타다	滑雪
스키장	滑雪場
스파게티	義大利麵
시	時
시원하다	涼快的、涼爽的
시험 범위	考試範圍
시험에 합격하다	考試合格
식사를 하다	用餐
신촌	新村
싱겁다	淡的
쌀쌀하다	涼颼颼
쓰레기	垃圾
씩	每

ㅇ	
아기	寶寶
아내	妻子
아들	兒子
아름답다	美麗的
아버지	父親
아이돌	偶像

아침	早上
아침을 먹다	吃早餐
아프다	不舒服，生病
아흔 살	九十歲
액션 영화	動作片
야구를 하다	打棒球
양식	西餐
어깨	肩膀
어때요?	如何？
어떤	什麼樣的
어렵다	難的
어렸을 때	小時候
어머니	母親
어지럽다	頭暈
어제	昨天
언니	姊姊（女用）
얼굴	臉
~에 다니다	上學、上班
~에 도착하다	到達……
~에서 내리다	從……下車
~에서 출발하다	從……出發
에어컨을 켜다	開冷氣
여권을 만들다	辦護照
여동생	妹妹
여든 살	八十歲
여름	夏天
여자 친구	女朋友
역	車站
연세	歲數
열 살	十歲
열이 나다[있다]	發燒
예매하다	預訂
예순 살	六十歲
예쁘다	漂亮
오늘	今天
오뎅국	魚板湯
오빠	哥哥（女用）
오전	上午，AM
오토바이	機車

오후	下午，PM
올해	今年
요가를 배우다	學習瑜珈
요리를 하다	做料理
요리학원	料理學院
외할아버지	外公
외할머니	外婆
우동	烏龍麵
우선	首先
운전면허증	駕照
울다	哭
월	月
유명하다	有名的
유자차	柚子茶
유학 가다	去留學
육개장	辣牛肉湯
(으)로	用
~(으)로 갈아타다	轉乘……
은행원	銀行行員
~을/를 타고 가다/오다	坐……去/來
~을/를 타다	乘坐……
음	嗯
음악을 감상하다	欣賞音樂
이	牙齒
이번 달	這個月
이번 주	這週
이쪽	這邊
인사동	仁寺洞
인터넷을 하다	上網
일	日
일식	日式料理
일어나다	起床
일흔 살	七十歲
입	嘴巴

ㅈ	
자동차	汽車
자전거	自行車

자전거를 타다	騎腳踏車
자주	經常
작년	去年
작다	小
잘 안 나가다	不太出門
잠실	蠶室
잠실역	蠶室站
잠을 자다	睡覺
잡수시다	吃（是「먹다」的敬語）
저	我
저녁	傍晚
저녁을 먹다	吃晚餐
저번 달	上個月
저번 주	上週
전통 한옥	傳統韓屋
전화번호	電話號碼
점심	中午
점심을 먹다	吃午餐
정하다	決定
제주도	濟州島
조깅을 하다	慢跑
주	週
주무시다	睡覺（是「자다」的敬語）
주문하다	訂購、點餐
주차하다	停車
죽다	死亡
중	……之中
중식	中式料理
즐거운 오후 보내세요.	祝你有個愉快的午後時光
즐겁다	快樂、愉快的
~지 않다	不……（否定表現）
지하철	捷運
지하철을 타다	搭捷運
집에서 쉬다	在家休息
짜장면	炸醬麵
짬뽕	炒碼麵
쪽	頁

쭉 가세요	請直走
쯤(=정도)	大概（……左右）
찜질방	三溫暖

ㅊ	
차가 막히다	塞車
차가운 물	冷水
창문	窗戶
책을 빌리다	借書
천천히	慢慢地
초밥	壽司
축구를 하다	踢足球
출구	出口
출근하다	上班
춤을 추다	跳舞
춥다	冷的
충치가 생기다	蛀牙
친절하다	親切的
칠판을 지우다	擦黑板

ㅋ	
카레라이스	咖哩飯
칼국수	刀削麵
컴퓨터 게임을 하다	玩電腦遊戲
케이팝 음악	K-pop音樂
코	鼻子
코미디 영화	喜劇片
콘서트	演唱會（concert）
콘서트표	演唱會票
콧물이 나다	流鼻水
키가 크다	個子高

ㅌ	
탕수육	糖醋肉
태권도를 배우다	學習跆拳道
택시	計程車
택시정류장	計乘車站
테니스를 치다	打網球

퇴근하다	下班
튀김	炸物
특별한	特別的
특히	尤其是
티셔츠를 입다	穿T恤

ㅍ	
팔	手臂
편지를 부치다	寄信
편찮으시다	不舒服、生病（是「아프다」的敬語）
피시방	網咖
피아노를 치다	彈鋼琴
피자	披薩
필요하다	需要

ㅎ	
하늘	天、天空
학교 매점	學校福利社
한	大概
한국 드라마를 보다	看韓劇
한식	韓式料理
~한테 주다	給……
할머니	奶奶
할아버지	爺爺
허리	腰
헬스클럽	健身房
형	哥（男用）
~호선	……號線
호수 공원	河濱公園
환자	患者
휴게실	休息室
휴식 시간	休息時間
흐리다	陰天的

기타	
1번 출구	1號出口
3번 출구	3號出口

國家圖書館出版品預行編目資料

안녕하세요 你好2 / 李松熙（이송희）、黃慈嫻著
-- 初版 -- 臺北市：瑞蘭國際, 2022.12
232面；19×26公分 --（外語學習系列；115）
ISBN：978-986-5560-92-8（第2冊：平裝）
1. CST：韓語 2. CST：讀本

803.28   111018717

外語學習系列 115

안녕하세요 你好 2

作者｜李松熙（이송희）、黃慈嫻
責任編輯｜潘治婷、王愿琦
校對｜李松熙、黃慈嫻、潘治婷、王愿琦

韓語錄音｜李松熙、安世益
錄音室｜采漾錄音製作有限公司
封面設計、版型設計｜劉麗雪
內文排版｜邱亭瑜
美術插畫｜KKDraw

瑞蘭國際出版

董事長｜張暖彗 · 社長兼總編輯｜王愿琦
編輯部
副總編輯｜葉仲芸 · 主編｜潘治婷
設計部主任｜陳如琪
業務部
經理｜楊米琪 · 主任｜林湲洵 · 組長｜張毓庭

出版社｜瑞蘭國際有限公司 · 地址｜台北市大安區安和路一段 104 號 7 樓之一
電話｜(02)2700-4625 · 傳真｜(02)2700-4622 · 訂購專線｜(02)2700-4625
劃撥帳號｜19914152 瑞蘭國際有限公司
瑞蘭國際網路書城｜www.genki-japan.com.tw

法律顧問｜海灣國際法律事務所　呂錦峯律師

總經銷｜聯合發行股份有限公司 · 電話｜(02)2917-8022、2917-8042
傳真｜(02)2915-6275、2915-7212 · 印刷｜科億印刷股份有限公司
出版日期｜2022 年 12 月初版 1 刷 · 定價｜420 元 · ISBN｜978-986-5560-92-8